Frederik Hetmann
Martin Luther King

In der Reihe RTB Portrait sind außerdem erschienen:

RTB 1855	Bertrand Solet/CHARLIE CHAPLIN
RTB 1857	Niklas Stiller/ALBERT EINSTEIN
RTB 4071	Siegfried Niedergesäss/DIE BEATLES
RTB 4073	Robert Palmer/MICK JAGGER UND DIE STONES
RTB 4075	Peter Borowsky/ADOLF HITLER
RTB 4077	Horst Königstein/JAMES DEAN
RTB 4082	Karin Aderhold/TINA TURNER

Frederik Hetmann

MARTIN LUTHER KING

Otto Maier Ravensburg

Lizenzausgabe
als Ravensburger Taschenbuch Band 4099,
erschienen 1993

Die Originalausgabe erschien 1979
in der Reihe Dressler/menschen
herausgegeben von Elisabeth Raabe

Umschlag: Dieter Leithold

Gesamtherstellung: Ebner Ulm
Printed in Germany

5 4 3 2 1 97 96 95 94 93

ISBN 3-473-54099-4

Inhalt

Lieber Jürg,
es gibt Sätze, die man sich von Zeit zu Zeit immer wieder einmal laut vorlesen sollte, auch wenn die in ihnen sich ausdrückenden Gedanken ständig von der Wirklichkeit widerlegt zu werden scheinen.

Zu jenen Sätzen gehören für mich die folgenden:
». . . trotz vorübergehender Siege bringt die Gewalt nie bleibenden Frieden. Sie löst keine sozialen Probleme; sie schafft nur neue und kompliziertere. Die Gewalt ist unpraktisch, weil sie einer abwärtsführenden Spirale gleicht und in allgemeiner Zerstörung endet. Sie ist unmoralisch, weil sie auf die Demütigung des Gegners aus ist, statt sich um sein Verständnis zu bemühen, weil sie sich von Haß statt von der Liebe nährt. Sie zerstört die Gemeinschaft und macht Brüderlichkeit unmöglich. Sie läßt die Gesellschaft in einem Monolog, statt sie zu einem Dialog zu führen.«

Diese Sätze stammen von Martin Luther King. Sie allein, so finde ich, wären Grund genug, sich heute und auf die Zukunft hin mit King auseinanderzusetzen.

Du weißt: Ich bin ein Ungläubiger, und der Mann, von dem ich berichten werde, war ein tiefgläubiger Mensch.

Ich glaube nicht, daß ich persönlich in jeder denkbaren Situation meines Lebens ohne Gewalt auskommen kann. Der Mann, von dem hier die Rede sein wird, predigte nicht nur unverdrossen Gewaltverzicht, er praktizierte ihn auch – bis er selbst zum Opfer blindwütiger Gewalt wurde.

Ich finde es gut und richtig, über einen Menschen zu schreiben, der in so entscheidenden Punkten seiner Persönlichkeit anders ist als man selbst. Es gibt die Möglichkeit, sich zu wundern, sich in seiner Überzeugung in Frage zu stellen. Ich wundere mich gern. Ich stelle gern meine Überzeugung in Frage. Sich zu wundern, in Frage zu stellen, hat etwas mit Lebendigkeit zu tun . . .

Dein

In einer Stadt im Süden . . .

Am Abend des 1. Dezember 1955 stieg die 43jährige Näherin Rosa Parks in Montgomery, Alabama, in einen der städtischen Autobusse. Sie setzte sich auf einen Platz am Anfang der Abteilung für Neger. Der Bus war stark besetzt. Als ein weißer Mann einstieg, forderte der Fahrer Mrs. Parks auf, Platz zu machen. Aber Mrs. Parks gehorchte nicht, sie blieb einfach sitzen.

Später darüber befragt, wie sie denn dazu gekommen sei, plötzlich etwas in Frage zu stellen, was sie bis dahin tausendmal hingenommen habe, erklärte sie:

»Nun, zunächst einmal hatte ich den ganzen Tag über schwer arbeiten müssen. Ich war wirklich hundemüde. Ich gehe den ganzen Tag mit Kleidungsstücken von Weißen um. Ich meine, daran allein sieht man doch, wie idiotisch die Rassenschranke ist. Aber selbst daran habe ich in diesem Augenblick nicht gedacht. Ich wollte endlich von mir selbst eine Antwort auf die Frage: Wann und wo sollen wir unseren Anspruch unter Beweis stellen, daß wir auch menschliche Wesen sind?«

Noch Jahre später sang die für die Bürgerrechte für alle Bürger der USA sich engagierende Jugend:

»When Mama Parks sat down,
The whole world stood up . . .«

»Als Mama Parks sich hinsetzte,
stand die ganze Welt auf . . .«

Der Fahrer des Busses war zunächst sprachlos. Dann rief er einen Polizisten, der Mrs. Parks auf der Stelle festnahm. Aus der Untersuchungshaft wurde Rosa Parks nach kurzer Zeit gegen eine

Kaution von hundert Dollar wieder entlassen. Gleichzeitig aber wurde gegen sie Anklage wegen Verstoßes gegen das Gesetz der Rassentrennung erhoben. Die Gerichtsverhandlung sollte am 5. Dezember stattfinden.

Rassentrennung: Was bedeutet das?

Montgomery im Bundesstaat Alabama hatte im Jahre 1955 120 000 Einwohner, darunter 50 000 Neger. An diesem Ort in den Südstaaten der USA war zur Mitte unseres Jahrhunderts das verwirklicht, was die Anhänger der Rassentrennung (Segregation) den »weißen Traum« nannten: eine Gesellschaft, in der die Weißen herrschten und die in die Schranken gewiesenen Schwarzen sich duckten und ihre Rechtlosigkeit hinnahmen.

Seit den Tagen des Amerikanischen Bürgerkrieges (1861–1865), in denen in Montgomery die Fahne der sich von der Union der Vereinigten Staaten lossagenden Südstaaten aus der Taufe gehoben worden war, hatte sich hier an der Lage der Neger wenig oder gar nichts geändert. Gewiß, die Schwarzen waren nun nicht mehr wie vor 100 Jahren Sklaven. Aber an die Stelle der Sklaverei war ein ebenso wirksames System der Unterdrückung getreten.

Das Leben der weißen und der schwarzen Bevölkerung von Montgomery lief streng getrennt. Es gab Parkbänke für Neger und Parkbänke für Weiße. Es gab Schwimmbäder für beide Rassen. Es gab Imbißstuben und Restaurants, die Schilder zeigten »Farbige unerwünscht«.

Nur eine Ausnahme gab es in diesem sonst lückenlosen System der Rassentrennung: Die wohlhabenden weißen Bürger beschäftigten bei sich Negerköche, Negerdienstmädchen, Negerkrankenschwestern und Negerportiers.

Selbstverständlich besuchten auch schwarze und weiße Kinder getrennte Schulen. Sie lernten nach verschiedenen Schulbüchern. Die Schulbücher von schwarzen und weißen Schülern durften nicht zusammen gelagert werden. Die »schwarzen« Schulen von Montgomery waren schlecht. Die übrigen beruflichen Fortbildungsmöglich-

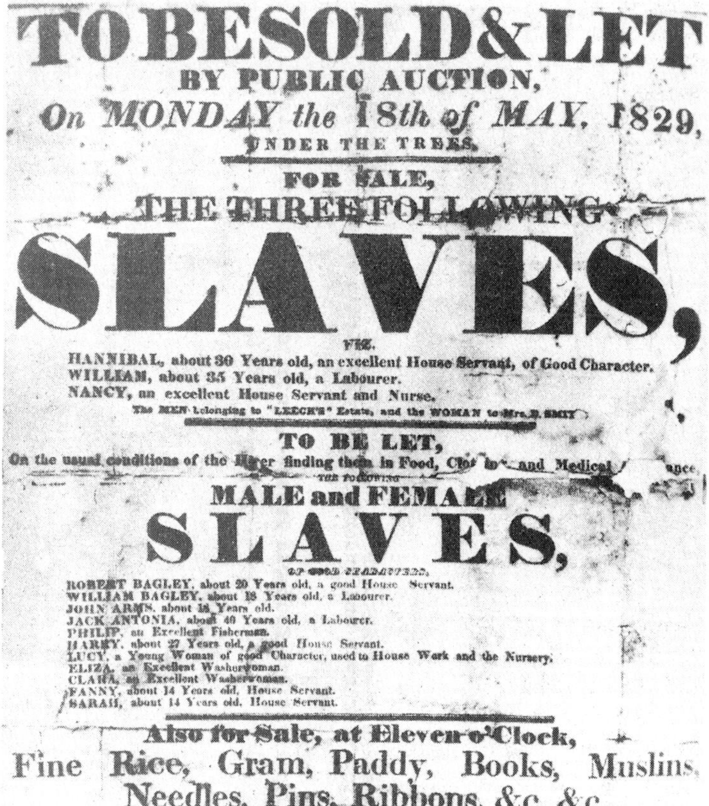
TO BE SOLD & LET
BY PUBLIC AUCTION,
On MONDAY the 18th of MAY, 1829,
UNDER THE TREES.
FOR SALE,
THE THREE FOLLOWING
SLAVES,
VIZ.
HANNIBAL, about 30 Years old, an excellent House Servant, of Good Character.
WILLIAM, about 35 Years old, a Labourer.
NANCY, an excellent House Servant and Nurse.
The MEN belonging to "LEECH'S" Estate, and the WOMAN to Mrs. D. SMIT
TO BE LET,
On the usual conditions of the Hirer finding them in Food, Clothing and Medical Attendance
THE FOLLOWING
MALE and FEMALE
SLAVES,
OF GOOD CHARACTERS,
ROBERT BAGLEY, about 20 Years old, a good House Servant.
WILLIAM BAGLEY, about 18 Years old, a Labourer.
JOHN ARMS, about 18 Years old.
JACK ANTONIA, about 40 Years old, a Labourer.
PHILIP, an Excellent Fisherman.
HARRY, about 27 Years old, a good House Servant.
LUCY, a Young Woman of good Character, used to House Work and the Nursery.
ELIZA, an Excellent Washerwoman.
CLARA, an Excellent Washerwoman.
FANNY, about 14 Years old, House Servant.
SARAH, about 14 Years old, House Servant.
Also for Sale, at Eleven o'Clock,
Fine Rice, Gram, Paddy, Books, Muslins,
Needles, Pins, Ribbons, &c. &c.
AT ONE O'CLOCK, THAT CELEBRATED ENGLISH HORSE
BLUCHER,

Das Plakat aus dem Jahre 1829 kündigt eine Auktion an, bei der – wie es üblich war – neben Lebensmitteln, Tieren, Gerätschaften und Kleidern auch Sklaven und »andere Waren« versteigert wurden.
Unter den hier zum Verkauf vorgesehenen Menschen sind zwei Kinder: Fanny und Sarah, ungefähr 14 Jahre alt.

keiten für Kinder und Jugendliche mit schwarzer Hautfarbe waren miserabel. Gewisse Berufe blieben hier Negern auch dann verschlossen, wenn sie sich mit unsäglichen Mühen durch eine College- und Universitätsausbildung dazu qualifiziert hatten.

Am empörendsten wirkten sich die damals noch in allen Südstaaten gültigen Vorschriften über die Segregation oder Rassentrennung in Montgomery in den städtischen Verkehrsmitteln, den Autobussen der ›Montgomery City Line‹, aus. Coretta Scott King berichtet darüber:

»Obwohl 70 % der Fahrgäste Schwarze waren, wurden diese wie Vieh behandelt ... Die vorderen Plätze aller Busse waren für die Weißen reserviert. Selbst wenn sie nicht besetzt und hinten alles überfüllt war, mußten die Neger hinten stehen für den Fall, daß Weiße zusteigen könnten; und waren die Vordersitze besetzt, und es stiegen noch Weiße zu, dann wurden die Schwarzen im hinteren Teil gezwungen, ihnen Plätze abzutreten. Außerdem ... mußten Neger ihr Fahrgeld vorn im Bus entrichten, dann aussteigen, zur hinteren Tür gehen und wieder einsteigen. Manchmal fuhr der Bus ohne sie fort, nachdem sie schon bezahlt hatten. Dies widerfuhr älteren Leuten oder schwangeren Frauen, bei schlechtem und bei gutem Wetter und galt unter den Fahrern als großer Spaß. Häufig beschimpften die weißen Busfahrer ihre Fahrgäste, nannten sie Nigger, schwarze Kühe oder schwarze Affen. Man stelle sich vor, wie etwa einem Schwarzen zumute war, der mit seinem Sohn fuhr und derart behandelt wurde.

Im März 1955 war es zu einem Zwischenfall gekommen, als sich die fünfzehnjährige Claudette Colvin weigerte, einem weißen Fahrgast ihren Platz abzutreten. Das Mädchen, das die High-School besuchte, wurde mit Handschellen gefesselt auf die Wache gebracht.«

Im übrigen galt Montgomery als eine vornehme, gediegene und ruhige Stadt. In der Hauptstadt des Bundesstaates Alabama war Mitte unseres Jahrhunderts die Welt gewissermaßen noch in Ordnung. Doch seit dem 1. Dezember 1955 war sie es für manche Leute nicht mehr.

Nicht nur auf Parkbänken, in Bussen und Restaurants herrschte strikte Rassentrennung – selbst beim Gebet wollen die Weißen unter sich bleiben. Ihr Gott ist weiß.

Der Bus-Boykott

Schon am Tag nach dem Vorfall mit Rosa Parks trafen sich 50 prominente Mitglieder der schwarzen Einwohnerschaft. Sie berieten miteinander. Sie beschlossen, den Vorfall nicht hinzunehmen, sondern für den kommenden Montag die schwarze Bevölkerung zum Massenboykott der öffentlichen Busse aufzurufen.

Die Versammlung fand im Gemeindesaal der Dextergemeinde statt. Die Dexter-Kirche ist ein schöner solider viktorianischer Backsteinbau am Hauptplatz von Montgomery gegenüber dem Regierungsgebäude mit einer klassizistischen Kuppel und Säulenhalle, in der Jefferson Davis etwa 100 Jahre zuvor den Amtseid als Präsident der konföderierten Staaten von Amerika geschworen hat. Die Gemeinde war klein und wohlhabend. Ärzte, Lehrer, College-Professoren und erfolgreiche schwarze Geschäftsleute kamen in diese Kirche. Die ärmeren Neger sprachen von einer »Kirche der feinen Leute«.

In gewissem Sinn war aber die Dexter-Kirche ein Symbol dafür, daß die Neger einmal hatten gleichberechtigte Bürger der USA werden sollen, es dann aber doch nicht geworden waren: »Der offizielle weiße Platz dieser südlichen Stadt war ein ungewöhnlicher Ort für eine Negerkirche ... Dexter stammte aus der Epoche des ›Wiederaufbaus‹, als die Neger ihre kurze Freiheit nach dem Bürgerkrieg genossen. Damals gehörte den Schwarzen noch mehr im Stadtkern von Montgomery, aber nach und nach waren sie wieder verdrängt worden. Nur Dexter blieb als Symbol für die Bestrebungen der Neger erhalten, die nun alle weit weg in rassisch segregierten Gegenden wohnten. Die meisten kamen mit dem Auto in die Kirche, ein paar mit den Bussen, in denen Rassentrennung herrschte.«

Pfarrer an dieser Kirche war ein mittelgroßer junger Mann, alles andere als eine imponierende, auffällige Erscheinung. Seine Haut war eher braun als schwarz. Er hatte wulstige Lippen und trug einen Schnurrbart. Im Jahr seines Amtsantritts war er 27 Jahre alt geworden. Er war völlig unbekannt, ein Negerpfarrer wie viele andere auch. Er hieß Martin Luther King.

King war skeptisch, wie sich die überwiegend wohlhabenden

Schwarzen und die Pfarrer anderer Gemeinden bei der Auseinandersetzung um Rosa Parks verhalten würden.

Er hat gesagt: »Die Religion hat mit dem Himmel und der Erde zu tun ... Jede Religion, die sich um die Seelen der Menschen, aber nicht um die Elendsviertel und ihre Wirkung, um die erstickenden wirtschaftlichen Verhältnisse und die lähmenden sozialen Bedingungen sorgt, ist trocken und unfruchtbar wie Staub.«

Aber an diesem Abend waren sich alle einig ... einig, sich gegen das Unrecht mit gewaltlosen Mitteln zur Wehr zu setzen.

King selbst hat sich die persönliche Entscheidung, ob er sich für den Boykott aussprechen solle oder nicht, schwergemacht. Er hat sich die Frage vorgelegt, ob ein Boykott mit dem Geist des Christentums vereinbar sei. Er ist dann zu der Ansicht gekommen: Wir benutzen den Boykott, um die Freiheit zu schaffen ... und die Menschen anzuhalten, das Gesetz des Landes zu befolgen. Er erinnerte sich an die Worte des amerikanischen Philosophen und Schriftstellers Thoreau, der erklärt hat: »Wir können mit einem schlechten System nicht länger zusammenarbeiten. Wer das Böse widerspruchslos hinnimmt, unterstützt es in Wirklichkeit.«

Über das Wochenende versuchten vor allem die Pfarrer, die Nachricht vom Boykott in der Stadt zu verbreiten. Für den Montagabend wurde eine Massenversammlung in der Holt Street Baptist Church einberufen. Diese Kirche war größer als Dexter und lag mitten im schwarzen Wohnbezirk.

Sowohl King als auch seine Frau Coretta zweifelten noch Sonntag abend daran, ob 50000 Menschen dem Aufruf, weder zur Arbeit noch in die Stadt, weder zur Schule noch sonstwohin zu fahren, am Montagmorgen Folge leisten würden. Von ihrem Wohnzimmer aus konnten sie auf eine Bushaltestelle sehen. Als um sechs Uhr morgens dort der erste Bus hielt, saß kein einziger Fahrgast darin. In den übrigen Bussen sah es nicht anders aus. Die schwarze Gemeinde befolgte den Boykottaufruf.

Am Vormittag dieses 5. Dezember war Martin Luther King dabei, als Mrs. Parks wegen Zuwiderhandlung gegen die Segregationsverordnung der Stadt Montgomery zu einer Strafe von 10 Dollar und den Gerichtskosten verurteilt wurde. Am Nachmittag bildete sich die Organisation ›*Montgomery Improvement Association*‹, ab-

Die strangulierte Puppe in den Straßen von Nashville, Tennessee: Lynchjustiz als Warnung an alle Schwarze, die sich wehren wollen.

gekürzt MIA, ein Bürgerausschuß zur Verbesserung der rassischen Beziehungen, der King zu seinem Präsidenten wählte. Es war ein gefährliches Amt. Schon häufig waren im Süden die Anführer solcher Protestaktionen verprügelt oder sogar totgeschlagen worden. Auch Coretta King war das bewußt, aber als ihr Mann gegen sechs Uhr an diesem Tag heimkam, sagte sie zu ihm: »Du weißt, was immer du tust, ich stehe hinter dir!«

Die nächsten zwanzig Minuten verbrachte King in seinem Arbeitszimmer betend. Er wandte sich an seinen Gott und bat ihn, sein inneres Gleichgewicht wiederherzustellen und ihm jetzt beizustehen, da er seiner Führung mehr denn je bedürfe.

Fünftausend Menschen hatten sich an diesem Abend in der Holt Street Baptist Church versammelt. Über vier Häuserblocks hin stockte der Verkehr. Fernsehen, Presseleute, Rundfunkreporter waren gekommen. Die Menschenmenge sang Kirchenlieder. Über seine Empfindungen an jenem Abend hat King später selbst gesagt: »Ich verstand, was die alten Prediger meinten, wenn sie sagten: Tue deinen Mund auf, und Gott wird für dich sprechen.«

King war der Hauptredner des Abends, und er sagte unter anderem: »Wir sind heute abend hier, um denen, die uns so lange mißhandelt haben, zu sagen, daß wir es satt haben. Wir sind es müde, nach Rassen getrennt und gedemütigt zu werden. Wir sind es müde, ständig unterdrückt und brutal mit Füßen getreten zu werden ... Wir protestieren, um Gerechtigkeit zu schaffen ... Wir wollen überzeugen, keinen Zwang ausüben ... Wir dürfen nicht bitter werden und zuletzt unsere weißen Brüder hassen. Wie Booker T. Washington einmal sagte: ›Laßt euch von niemandem so tief hinabziehen, daß ihr ihn haßt.‹« In diesen Sätzen ist Kings Lehre vom gewaltlosen Protest schon im Kern enthalten.

Fünf Forderungen waren es, die die Versammlung einstimmig billigte. Darunter:

1. Die Busunternehmer garantieren höfliche Behandlung.

2. Die Fahrgäste setzen sich in den Bussen in der Reihenfolge, in der sie kommen: die Neger von hinten nach vorn, die Weißen von vorn nach hinten.

3. Auf den Linien, die vornehmlich von Negern benutzt werden, werden schwarze Busfahrer eingesetzt.

Am Mittwoch, dem 7. Dezember, trug King diese Forderungen – der Boykott ging unvermindert weiter – dem Bürgermeister und den Vertretern der Busgesellschaft vor. Man wechselte höfliche Worte miteinander, aber eine Einigung kam nicht zustande. Der Anwalt der Busgesellschaft erklärte später: »Hätten wir den Negern ihre Forderungen gewährt, dann würden sie sich rühmen, sie hätten einen Sieg über die Weißen davongetragen, das aber werden wir nicht dulden.«

Die Busgesellschaft hatte erwartet, beim ersten Regentag werde der Boykott zusammenbrechen. Es regnete. Trotzdem benutzte keiner der Neger die Busse. Am 9. Dezember 1955 teilten städtische Beamte den schwarzen Taxifirmen mit, Mengentarife seien ungesetzlich. Sie würden ihre Konzessionen verlieren, wenn sie diese Praktik fortsetzten.

Inzwischen aber hatten sich private Fahrdienste gebildet. Obwohl der Boykott weiterging, kam nicht ein Schwarzer zu spät zur Arbeit, kein schwarzer Schüler zu spät zum Unterricht. Die Negerkirchen schafften zur Unterstützung der Auto-Pools und Mitfahrgelegenheiten zehn Kombiwagen an. Die Namen der Kirchengemeinden standen auf die Autotüren gemalt. Die Wagen waren zum Bersten voll. Fahrer und Fahrgäste sangen fröhlich Kirchenlieder. Freilich reichten die zehn Wagen nicht aus. Tausende von Menschen mußten trotzdem laufen. Sie liefen geduldig und unverdrossen. Eine alte Frau, die man fragte, ob ihr denn das Laufen nicht schwerfalle, antwortete: »Früher war meine Seele müde und meine Füße waren ausgeruht; nun sind meine Füße müde, aber meine Seele ist ausgeruht.«

Immer deutlicher wurde King zum Führer dieser Bürgerrechtsaktion. Zweimal in der Woche wurden Massenveranstaltungen in Kirchen der Innenstadt abgehalten, auf denen er und andere Pfarrer sprachen und den Gemeindemitgliedern Mut machten, durchzuhalten. »Aber«, so schreibt Coretta Scott King, »Martin achtete streng darauf, daß das delikate Gleichgewicht zwischen Inspiration und Demagogie von den Rednern gewahrt wurde.«

Indem King zum geistigen Führer und Organisator wurde, nahm die Gefahr für ihn und seine Familie zu. Im Januar 1956 wurde er wegen angeblicher Überschreitung der Höchstgeschwindigkeit in der Innenstadt verhaftet. Schon mancher aufsässige Schwarze ist aus der Untersuchungshaft von den Polizisten weißen Rassisten in die Hände gespielt und von diesen dann heimtückisch ermordet worden!

Einen Antrag seines Amtsbruders Ralph Abernathy, King gegen Kaution freizulassen, lehnte die Polizei ab. Erst als sich die Gemeindevertreter und andere Schwarze vor dem Gefängnis versammelten, ließen die Behörden King frei, nicht ohne vorher seine Fingerabdrücke genommen zu haben.

Eine besonders kritische Situation trat ein, als am 30. Januar 1956 – King war zu einer Versammlung in der First Baptist Church – ein Sprengstoffanschlag auf sein Haus verübt wurde. Coretta und ihre Freundin Mary Lucy Williams, die sich im Haus befanden, kamen mit dem Schrecken davon. Auch dem Baby, der kleinen Tochter Kings, war nichts geschehen.

Natürlich löste der Sprengstoffanschlag unter der schwarzen Bevölkerung von Montgomery starke Wutgefühle aus. Und für einen Augenblick sah es so aus, als würden jene Schaulustigen, die sich vor dem Haus versammelt hatten, über die weißen Polizisten herfallen. Ein fürchterliches Blutbad mit Racheakten hin und her wäre unvermeidlich die Folge gewesen. King sprach zu den Leuten. Er sagte: »Bitte geht nach Haus und legt eure Waffen weg. Wir können dieses Problem nicht durch Vergeltung lösen. Wir müssen der Gewalt die Gewaltlosigkeit entgegenstellen. Denkt an die Worte Jesu: ›Wer das Schwert nimmt, soll durch das Schwert umkommen.‹ Wir müssen unsere weißen Brüder lieben, gleichgültig, was sie uns antun. Wir müssen ihnen zeigen, daß wir sie lieben. Jesus ruft uns auch heute über die Jahrhunderte hinweg zu: ›Liebet eure Feinde.‹ Dies müssen wir leben. Wir müssen Haß mit Liebe vergelten.« Vielleicht hätten solche Worte aus dem Mund eines anderen Menschen keineswegs eine beruhigende Wirkung gehabt und die aufgebrachten Menschen veranlaßt, heimzugehen.

Sie gingen heim in dieser Nacht. Und einer der weißen Polizisten soll gemurmelt haben: »Ohne den Nigger-Prediger wären wir jetzt alle tot.«

Charisma heißt wörtlich »Geistesgabe«. Man hat später häufig davon gesprochen, King habe Charisma gehabt. Man hat damit gemeint: Er habe Macht gehabt, Menschen zu bewegen. Gewiß wird jeder, der eine seiner Reden mit angehört hat, bestätigen, daß von seiner Art zu sprechen, wohl auch von seiner Fähigkeit, symbolträchtige Handlungen zu erfinden und Empfindungen zu dramatisieren, eine Macht über Menschen ausging. King selbst ist sich dieser Macht bestimmt auch bewußt gewesen und hat sie bewußt eingesetzt. Aber eben nicht nur, um ein Recht für die Neger durchzusetzen. Es ist ihm sehr zeitig auch klargeworden, daß man einen Konflikt nicht dadurch überwindet, daß man Sieger und Besiegte schafft, sondern wo immer nur möglich Gegner, ja Feinde zur Versöhnung zu führen versucht.

Man sollte sich klarmachen, daß dies ein Ideal ist, das die Wesensart des Menschen als eines unvollkommenen Wesens nahezu übersteigt. Und doch ist es King – wie in diesem Augenblick nach der Bombardierung seines Hauses – gelungen, dieses Ideal zu verwirklichen und auch andere dazu zu bewegen, diese Haltung mitzuvollziehen. Es tut aber andererseits den Verdiensten Kings keinen Abbruch, wenn man darauf hinweist, daß die Kraft der mit King Protestierenden aus einer Ekstase herrührte, die mystische Glaubensgeborgenheit und Massenrausch gleichermaßen war, jedoch nicht nur eines von beiden.

Und weiter: Einen solchen Predigtstil, bei dem die Anrede den Zuruf aus der Gemeinde nicht nur zuläßt, sondern geradezu provoziert, haben viele andere Negerpfarrer und Prediger auch gehabt. Luthers besonderer Erfolg bestand darin, daß er in diesem Stil den Negern ihre eigenen Stimmungen und Gefühle plausibel zu machen verstand, daß er aussprach und aufdeckte, was sie sich selbst nie einzugestehen gewagt hätten.

»Integration ist eines unserer großen Ziele«

Der Boykott dauerte an. Die Busgesellschaft verlor 65 % ihrer Einnahmen. Sie schränkte ihre Fahrpläne ein, entließ Fahrer und erhöhte die Fahrpreise. Als der Boykott 80 Tage, also fast ein Vierteljahr, währte, befahl die verzweifelte Stadtverwaltung, King und zahlreiche weitere Führer der schwarzen Gemeinde von Montgomery seien in Haft zu nehmen.

Und selbst jetzt noch mahnte King: »Wenn man uns jeden Tag einsperrt, wenn man uns jeden Tag ausbeutet, wenn man jeden Tag auf uns herumtrampelt: Laßt euch nicht soweit herabziehen, jene, die euch das antun, zu hassen.« Solche Worte waren für die Weißen, sofern sie nicht fanatisierte Rassisten waren, verwirrend und erzwangen Nachdenken, zumal es King gelang, seine schwarzen Schwestern und Brüder auf Gewaltlosigkeit einzuschwören.

Das entwaffnete – wenigstens in dieser Situation – auch die Haß predigenden Segregationisten. Die Neger bewiesen, daß sie diszipliniert auf einer »höheren moralischen Stufe« zu kämpfen verstanden. Das Argument vom barbarischen, unbeherrschten Wilden, dem es nur recht geschieht, wenn man ihn knebelt, war vor aller Augen unhaltbar geworden.

Am 22. März wurde King in Montgomery wegen Verstoß gegen die Bestimmungen über Rassentrennung zu 500 Dollar oder 386 Tagen Zwangsarbeit verurteilt. Die Verteidiger legten Berufung ein. Draußen vor dem Gerichtsgebäude rief eine große Menschenmenge: »Gott segne dich.« Dann sangen alle: »Wir fahren niemals wieder Bus.«

King selbst schreibt über das Urteil: »Mich befiel am Schluß der Verhandlung ein Gefühl des Mitleids für Richter Carter. Er befand sich in einem Dilemma: Erklärte er mich für schuldig, mußte er damit rechnen, daß Amerika und die ganze Welt ihn verurteilen würden, sprach er mich aber frei, hatte er die Stadtgemeinde und die Wähler (in ihrer Mehrzahl) gegen sich, denen er seine Stellung verdankte. Während des ganzen Prozesses hatte er mich höflich behandelt, und sein Urteil hielt er wahrscheinlich für den besten Ausweg.«

Nun folgte der mühsame juristische Weg durch alle Instanzen des amerikanischen Gerichtssystems. Längst war der amerikanischen Öffentlichkeit klar, daß es bei diesem Streit in Montgomery um weit mehr ging als um nach Rassen getrennte Sitzplätze in den Autobussen. Martin Luther King selbst hatte das klargemacht. Er hatte geschrieben: »Integration ist eines unserer großen Ziele in diesem Zeitalter, das große Ziel der Nation und das große Ziel der

Gemeinde. Wir befinden uns mitten in einer großen Auseinandersetzung, deren Folgen die Welt erschüttern werden. Aber unser Sieg wird nicht nur der Sieg der Neger von Montgomery allein sein. Es wird der Sieg der Gerechtigkeit, der Sieg des Fair play und der Sieg der Demokratie werden. Blieben wir hier stehen, so wäre dies schon ein Sieg, denn schon jetzt hat der Neger seine Würde neu entdeckt. Aber wir gehen weiter. Wir gehen weiter und lassen uns leiten von demselben Geist der Liebe und des Widerspruchs gegen die Gewalt und von derselben Würde, die wir als Schwarze in der Vergangenheit oft bewiesen haben.«

Solche Worte versetzten die Rassisten einmal mehr in die Position der störrischen Spielverderber, sie machten es ihnen zudem schwer, sich weiterhin als Verteidiger christlicher Sittlichkeit aufzuspielen, mehr noch, sie kennzeichneten das Ende der eingeschüchterten Unterwürfigkeit der Schwarzen, die fünfzig, siebzig Jahre gedauert hatte und von der manche Weiße gehofft hatten, sie werde ewig dauern.

Im November 1956 befand das Oberste Bundesgericht der USA nach komplizierten juristischen Scharmützeln, Rassentrennung in Bussen verstoße gegen die Verfassung. Der Bürgermeister von Montgomery, Gayle, gab, als ihm diese Verfügung am 20. Dezember 1956 übermittelt wurde, bekannt, er werde ihr Folge leisten. Darauf verkündete King das Ende des Boykotts und ermahnte die schwarze Gemeinde, die integrierten Busse wieder zu benutzen. Auch diesmal fehlte nicht der Hinweis darauf, daß man auch für die andere Seite, für den Gegner, den Feind, Verständnis haben müsse und Triumphgefühle fehl am Platze seien: »Wenn wir zu den Bussen zurückkehren, laßt uns so viel Liebe aufbringen, um einen Feind in einen Freund zu verwandeln.«

Coretta King berichtet über den ersten Tag der Integration, an dem es also in Montgomery in den öffentlichen Bussen keine Rassenschranke mehr gab: »Wie in Wiederkehr jenes denkwürdigen Morgens, der nun über ein Jahr zurücklag, blitzten die Scheinwerfer des Sechs-Uhr-Busses auf, als er die leere Straße herunterkam und an der Haltestelle bremste. Der Busfahrer lächelte breit und sagte fast in einer Parodie des berühmten Wortes, das der Forscher Stanley an Dr. Livingstone richtet: ›Ich glaube, Sie sind Dr. King,

Erstmals im Scheinwerferlicht der Weltöffentlichkeit: Martin Luther King mit Frau Coretta vor Beginn des Prozesses gegen ihn und weitere Schwarze wegen Anstiftung zum Bus-Boykott.

nicht wahr?‹ ›Ja, der bin ich‹, antwortete Martin. ›Wir freuen uns, daß Sie heute morgen mit uns fahren.‹

Martin, dessen Spannung nun verflogen war, dankte ihm lächelnd und setzte sich auf einen der vordersten Plätze ...

Fast den ganzen Tag fuhr Martin auf den verschiedenen Buslinien. Andere Geistliche folgten seinem Beispiel, um bei Zwischenfällen zur Stelle zu sein. Doch es kam zuerst zu keinen ernstlichen Störungen, nur wenige kleine Zwischenfälle ereigneten sich, bei denen sich Weiße Schwarzen gegenüber grob benahmen.«

Aber ganz ohne Rache von seiten der weißen Rassisten ging es beim Sieg der Vernunft nicht ab. Es kam zu Bombenanschlägen auf die Häuser von schwarzen Geistlichen und Kirchen mit schwarzen Gemeinden, von denen zwei völlig zerstört wurden. Jemand feuerte mit einem Kleinkalibergewehr Schüsse auf die Haustür des Wohn-

Zwei Jahre nach dem Erfolg von Montgomery: Neun schwarze Jugendliche stellen an der Zentralen Oberschule von Little Rock, Arkansas, den Antrag, dort unterrichtet zu werden. Der Gouverneur läßt daraufhin die Nationalgarde aufmarschieren, um zu verhindern, daß die Schüler das Gebäude betreten.
Erst durch die Intervention des Präsidenten der USA, Eisenhower, und unter dem Schutz rasch nach Little Rock beorderter Truppen der Bundesarmee können die Jugendlichen ihr Recht wahrnehmen.

hauses von Martin Luther King ab. Am 28. Januar 1957 fand man unter der Veranda des Hauses einen glimmenden Haufen von 14 Dynamitstangen.

Weiße Geistliche forderten in Zeitungsartikeln dazu auf, man solle die Aufhebung der Rassenschranken in den Bussen freundlich hinnehmen. Eine Organisation weißer Geschäftsleute verurteilte die Bombenanschläge. Prominente weiße Bürger kritisierten die Rassisten. Allmählich beruhigten sich die Gemüter. Busse ohne Trennungslinien waren in Montgomery bald ein vertrautes Bild.

Die Strahlkraft der Ereignisse von Montgomery, der Antrieb, der von ihnen ausging, kann gar nicht hoch genug eingeschätzt werden. Ein »neuer Neger« schien geboren, willens, um seine Rechte als Bürger der USA, die bis dahin vor allem in den Südstaaten häufig nur auf dem Papier standen, zu kämpfen, fähig, sich diszipliniert und unter großen persönlichen Opfern der Methoden des gewaltlosen Widerstandes zu bedienen, die ihnen Martin Luther King predigte und vorlebte.

In diesem Geiste gründete King Anfang 1957 in New Orleans mit anderen in der Bürgerrechtsbewegung engagierten Pfarrern und Laien die ›Southern Christian Leadership Conference‹, etwa ›Konferenz der Christlichen Führerschaft der Südstaaten‹, abgekürzt nach den Anfangsbuchstaben der englischen Wörter SCLC. Diese Vereinigung übernahm es, die lokalen Aktionen gewaltlosen Protests zu koordinieren und durch modellhafte Handlungen die vollständigen Bürgerrechte für die Schwarzen durchzusetzen.

Ehe wir uns damit beschäftigen, wie das im einzelnen geschah, welche Rolle King dabei spielte und wann und auf welche Weise er als die große, die Schwarzen einende Vertrauensperson zu den Grenzen der Möglichkeiten gelangte, Änderungen auf gewaltlose Art und Weise herbeizuführen und Bürgerrechte für alle Bürger zu verwirklichen, wird es Zeit, daß der Leser über den Werdegang dieses Mannes vor den Ereignissen von Montgomery etwas erfährt. Wenn man vom Volksführer Martin Luther King redet, darf man die Voraussetzungen für diese Führerschaft nicht vergessen. Sie sind in der eigenartigen und für ihn bezeichnenden Mischung von modernem Glauben und modernem Wissen zu sehen.

Der Pfarrerssohn aus Atlanta

Martin Luther King wurde am 15. Januar 1929 in Atlanta, der Hauptstadt des amerikanischen Bundesstaates Georgia, geboren. Noch sein Großvater, James Albert King, war ein sogenannter Sharecropper auf einer Plantage nahe von Atlanta gewesen. Sharecropper nannte man jene zumeist schwarzen Landwirte, die ihr Saatgut auf Kredit vom Plantagenbesitzer bekamen, dessen Sklaven sie bis Ende des Amerikanischen Bürgerkrieges gewesen waren.

Mit dem Sharecropper-System war es den weißen Großgrundbesitzern gelungen, die Neger weiter in Abhängigkeit zu halten, denn diese kauften bei ihnen auf Kredit alles, was sie zu ihrem Lebensunterhalt und zu ihrer Arbeit benötigten. »Zur Erntezeit, ehe die Erträge zu gleichen Teilen zwischen ihnen und dem Großgrundbesitzer aufgeteilt wurden, mußte die Jahresschuld bezahlt werden. Aber das Geld reichte nie, um aus der Klemme zu kommen. So hart der Sharecropper James Albert King arbeitete, er schuldete dem Plantagenbesitzer am Ende immer noch 400 Dollar. Im nächsten Jahr war es das gleiche; er schuftete, erntete und grub, und jeder Spatenstich begrub ihn tiefer. Gemäß diesem unfairen System trägt nämlich der Sharecropper alle Unkosten und muß die Gewinne aber mit dem Plantagenbesitzer teilen.«

Der Sohn dieses Sharecroppers, Martin Luther King I, hatte sechs Klassen der kleinen Plantagenschule von Stockton besucht. Er hatte als Hilfsmechaniker und als Feuerwehrmann gearbeitet, aber er hatte immer auch gepredigt. Die schwarzen christlichen Kirchen der USA kennen seit eh und je neben dem eigentlichen Pfarrer das Amt des Laienpredigers.

Die Tochter des Hauptpfarrers an einer jener Kirchen, an denen der Laienprediger King Gottesdienste hielt, hieß Alberta Williams. Sie hatte das damals beste Neger-College für Mädchen besucht. Sie

Neger mit Schleppsack beim Pflücken reifer Baumwollkapseln.

verliebte sich in den Laienprediger. Ihr Vater sorgte dafür, daß sein Schwiegersohn als Hilfspastor an »seiner«, der Ebenezer Baptist Church in Atlanta eingestellt wurde und so die junge Familie eine Existenzgrundlage hatte.

Als Erwachsener und Ehemann holte Martin Luther King I sein Abschlußexamen an der High School nach, ging dann auf das Morehouse College, wo er – nun selbst schon Vater von drei kleinen Kindern, die auf die Namen Christine, Martin Luther II und Alfred Daniel getauft worden waren – sein Diplom erwarb.

Als sein Schwiegervater, Reverend Adam Daniel Williams, 1931 an einem Herzanfall starb, wurde Martin Luther King I, später »Daddy« genannt, Pastor von Ebenezer. Nebenher war er aber auch noch Direktor einer von der schwarzen Gemeinde gegründeten Lebensversicherungsgesellschaft. Er selbst soll von sich gesagt haben: »Wenn ich das Predigen sein lassen könnte, so wäre ich ein besserer Geschäftsmann als Geistlicher.« Seine Schwiegertochter

Coretta schildert ihn in ihren Memoiren als bis zur Knausrigkeit sparsam und als durchaus geschäftstüchtig.

Es kann kaum anders gewesen sein, wenn man an den sozialen Aufstieg denkt, den »Daddy« King im Laufe seines Lebens geschafft hatte: vom Sharecropper-Sohn und Tagelöhner zum Pfarrer und Versicherungsdirektor und schließlich auch noch zum Treuhänder des Morehouse College, einer der wichtigsten Ausbildungsstätten für junge Schwarze.

Sein Sohn, Martin Luther King II, war als Kind klein, aber kräftig und offenbar der Lieblingssohn des Vaters. Er lernte zeitig lesen. Und wenn er bei den Versammlungen der Baptisten-Gemeinde sein Lieblingslied *Ich will mehr und mehr wie Jesus werden* vortrug, von der Mutter am Klavier begleitet, jubelte die Gemeinde.

Gute Predigten machten früh Eindruck auf Martin Luther King II. Einmal, nach einem Gottesdienst, sagte er zu seinem Vater: »Dieser Mann hatte kräftige Worte, Daddy. Wenn ich groß bin, werde ich auch kräftige Worte finden.«

Martin Luther Kings Großvater mütterlicherseits hatte einst in Atlanta den Boykott gegen eine Zeitung organisiert, die abschätzig über das Wahlrecht für Schwarze geschrieben hatte. Er war zudem maßgeblich an der Gründung der ersten High School für schwarze Schüler in dieser Stadt beteiligt gewesen. Neben der Tradition des Predigens und Betens gab es also in dieser Familie auch eine Tradition des Protests und der sozialen Verantwortung.

Frühe Erfahrungen mit der Rassentrennung

Der Tag kam, an dem Martin Luther II erfuhr, was es heißt, eine schwarze Haut zu haben.

Zu Martins engsten Freunden gehörten die zwei Kinder eines Geschäftsmannes aus der Nachbarschaft. Die Kinder spielten täglich zusammen, ohne überhaupt darüber nachzudenken, daß sie verschiedenen Rassen angehörten, bis zu ihrem ersten Schultag. Dann gingen die Kinder des weißen Kaufmanns in eine Schule nur für Weiße, und Martin ging in die Schule für Schwarze. Aber ihre

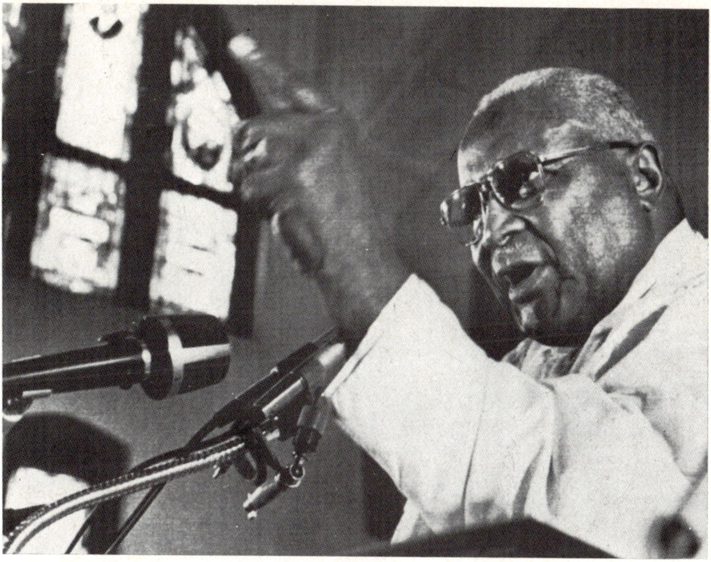

Pastor und gewiefter Geschäftsmann: ›Daddy‹ King, der Vater.

Spiele gingen zunächst noch weiter wie zuvor. Als es aber Zensuren gab, wollte Martin seine Zeugnisnoten mit den Noten der weißen Kinder vergleichen. Da verbot die Frau des weißen Geschäftsmannes ihren Kindern, mit diesem »Nigger« zu spielen. Weinend lief Martin Luther zu seiner Mutter.

Zwei Jahre später nahm ihn sein Vater mit in die Innenstadt. Sie wollten Schuhe kaufen. Vater und Sohn setzten sich in einem Laden nahe dem Eingang hin und warteten darauf, bedient zu werden. Ein weißer Verkäufer erschien und erklärte, er wolle Pfarrer King und seinem Sohn gern Schuhe zeigen, nur müßten sie sich in den hinteren Teil des Ladens setzen. Der Vater antwortete, er finde die Stühle im vorderen Teil des Ladens ganz in Ordnung. Nun wurde der Verkäufer deutlicher. Er bedauere, sagte er, aber dieser Teil des Ladens sei ausschließlich für weiße Kunden bestimmt, Neger gehörten nach hinten.

Daddy King soll darauf zu dem weißen Verkäufer gesagt haben:

»Wir kaufen entweder, auf diesen Stühlen sitzend, unsere Schuhe bei Ihnen, oder wir kaufen überhaupt keine Schuhe in diesem Laden.«

Abermals forderte der weiße Verkäufer ihn auf, nach hinten zu gehen. Aber statt dessen nahm Pfarrer King seinen Sohn an der Hand und verließ das Geschäft. Draußen auf der Straße sagte er zu dem Jungen: »Ganz gleich, wie lange ich unter diesem System zu leben und zu leiden habe, anerkennen werde ich es niemals. Ich werde mich vielmehr ihm bis zum Tag meines Todes widersetzen.«

Schwierige Berufswahl

Im Vergleich mit der Mehrzahl der jungen Schwarzen genoß Martin Luther King II eine ungewöhnlich gute Schulbildung. Nach der Grundschule, die in der Nachbarschaft seines Elternhauses lag, ging er auf eine Experimentalschule, die zur Universität Atlanta gehörte. In der achten Klasse wechselte er auf die einzige High School für Schwarze in Atlanta. (An integrierte Schulen, also solche, die von schwarzen und weißen Kindern gemeinsam besucht wurden, war zu dieser Zeit noch nicht zu denken!) Er übersprang die neunte Klasse und bestand nach der elften Klasse die Aufnahmeprüfung für das Morehouse College, das in dem Ruf stand, das Harvard unter den schwarzen Colleges der USA zu sein.

Harvard ist die vielleicht traditionsreichste und beste Universität der USA. Sie liegt in Cambridge, einem Vorort von Boston, und war schon um das Jahr 1840 von den puritanischen Einwanderern gegründet worden.

Zunächst schien der junge Martin Luther King II entschlossen, Arzt zu werden. Dies würde ihm die Möglichkeit geben, leidenden Menschen direkt zu helfen. Sein soziales Verantwortungsgefühl war von jeher stark ausgeprägt. Schon im letzten Schuljahr vor dem Übergang ins College stellte sich aber heraus, daß er über eine außergewöhnliche Redegewandtheit verfügte, die ihm bei den an amerikanischen Schulen üblichen rhetorischen Wettbewerben manchen Sieg einbrachte.

Einmal war er mit Schulkameraden auf der Rückfahrt von einem solchen Wettbewerb in Valdosta im Staate Georgia. In dem fast leeren Bus, in den sie einstiegen, setzten sich die Jungen auf die Plätze, die ihnen am besten gefielen.

Der Fahrer des Busses aber verlangte, sie sollten die vorderen Plätze für weiße Fahrgäste, die möglicherweise später einsteigen würden, freilassen. Die Jugendlichen weigerten sich. Der Lehrer, der kein Aufsehen wollte, redete ihnen gut zu, bis sie endlich nachgaben. Der weiße Busfahrer war über ihre anfängliche Weigerung außerordentlich aufgebracht gewesen. Er hatte sie »schwarze Hurensöhne« genannt. Es war nur eine von vielen Erfahrungen mit der Rassenschranke.

Im Sommer 1944, als Martin Luther nun schon im Norden der USA studierte, erlebte er, wie im Speisewagen des Eisenbahnzuges bei Erreichen einer gewissen Grenze zwischen Nord und Süd ein Vorhang quer durch den Wagen gezogen wurde, um so in dem fahrenden Restaurant die Rassentrennung herzustellen.

Eine Krise machte Martin Luther King durch, als endgültig eine Entscheidung bei der Berufswahl getroffen werden mußte. Seine ausgeprägte Rednerbegabung schien nahezulegen, daß er wie sein Vater ein Prediger werden sollte. Aber gerade wegen seiner ausgeprägten intellektuellen Interessen hatte er Zweifel, ob er später einmal das Amt eines Pfarrers, zu dem im Süden ein besonderes Maß an Volkstümlichkeit gehört, würde ausfüllen können.

Der Konflikt löste sich durch zwei Lehrer am Morehouse College, die King sehr bewunderte – Dr. Benjamin Mays und Dr. George Klesey. Ihre Predigten waren emphatisch und volkstümlich und dennoch voller direktem sozialem Engagement. Die Haltung dieser beiden Lehrer überzeugte den jungen King, daß eine Verbindung zwischen mehr gefühlsbezogener Glaubensintensität und sozialpolitischem Auftrag möglich sein müsse.

Während seiner Zeit am College, also zwischen seinem 15. und 17. Lebensjahr, nahm Martin Luther in den Semesterferien immer wieder Jobs an. Einmal, um Daddy King nicht ständig auf der Tasche zu liegen, zum anderen aber auch, um zu erkunden, wie das Leben seiner Schwestern und Brüder aussah, die nicht so privilegiert waren wie er.

Er verlud Gepäck bei der Railway Express Agency und war zeitweilig als Hilfsarbeiter bei einer Fabrik tätig, die Matratzen herstellt. Mehr als einmal hörte er dabei, wie die weißen Vorarbeiter seine schwarzen Kollegen als »Nigger« bezeichneten.

Mit 17 Jahren, als er sich endgültig entschlossen hatte, Geistlicher zu werden, hielt er in einem der kleineren Gemeindesäle der Ebenezer-Gemeinde eine Probepredigt. Es kamen schließlich aber so viele Leute, daß er in die Hauptkirche umziehen mußte, und die Leute waren von seinem Predigtstil außerordentlich beeindruckt.

Dr. Mays, einer seiner Lehrer vom College, sagte nach dem Gottesdienst zu Daddy King: »Der Junge war reifer, als man nach seinem Alter hätte annehmen sollen. Er sprach wie ein Mann, der zehn Jahre mehr Lebenserfahrung hat.«

Natürlich war der Vater stolz auf seinen Sohn, der aber nahm den Erfolg eher als eine Verpflichtung. Immer wieder gab es Zeiten, in denen er gegenüber seiner privilegierten Stellung ein schlechtes Gewissen hatte. Er ging dann nicht mit Mädchen aus, besuchte keine Tanzveranstaltungen und las statt dessen endlos in der Bibel. Andererseits scheint es manchmal zwischen Vater und Sohn auch zu Konflikten gekommen zu sein. »Daddy« King fand, daß dies und jenes mit der Würde eines angehenden Baptistenpredigers unvereinbar sei, und verlangte dann von seinem Sohn Schuldgeständnisse vor versammelter Gemeinde.

1947, mit 18 Jahren, wurde Martin Luther King II zum Hilfspastor an der Ebenezer-Kirche in Atlanta geweiht. Das eigentliche Theologiestudium lag zu diesem Zeitpunkt noch vor ihm.

Unter den drei theologischen Ausbildungsstätten, die bereit waren, ihn aufzunehmen, wählte er die anspruchsvollste, das Crozer-Seminar in Chester, Pennsylvanien. Neben der theologischen Ausbildung besuchte er Philosophievorlesungen an der Universität von Pennsylvanien. Hier hörte er zum erstenmal von den Methoden des gewaltfreien Protests eines Mahatma Gandhi. Hier entdeckte er das philosophische Werk Hegels und die Theologie Paul Tillichs.

Bei Tillich las er: »Die Ethik der christlichen Liebe erhebt Anklage gegen eine Gesellschaftsordnung, die bewußt und grundsätzlich auf dem wirtschaftlichen und politischen Egoismus aufgebaut ist.« Solche Sätze, von Tillich schon 1919 in Europa geschrieben,

Am Washingtoner Denkmal Benjamin Franklins, dem berühmten Politiker aus den Jahren der Unabhängigkeitskriege: Angehörige der amerikanischen Nazi-Partei demonstrieren gegen die Gleichberechtigung der Schwarzen.

erwiesen sich angesichts der Zustände in den USA kurz nach Ende des Zweiten Weltkriegs als erstaunlich aktuell.

Als Martin Luther King im Juni 1951 in Crozer seine Diplomprüfung abgelegt hatte, gewann er als bester Student seines Jahrgangs den Pearl-Plafker-Preis und erhielt ein damit verbundenes Stipendium für weitere Studien. Er entschloß sich, nun an der Universität von Boston zu promovieren.

Eine schwarze Musikstudentin

In Neu-England lernte Martin Luther King Coretta Scott kennen, die damals am Konservatorium in Boston im zweiten Semester Musik studierte.

Die Lebensläufe der Vorfahren des angehenden Doktors der Philosophie und der jungen Sängerin wiesen eine gewisse Ähnlichkeit auf. Coretta berichtet: »Mein Großvater Jeff Scott wurde 1873 geboren. Er und meine Großmutter Cora Scott arbeiteten viele Stunden auf dem Feld und verkauften Fichtenholz, um genug Geld für die Farm zusammenzubringen, die sie beide erstrebten. Die Mühsal brachte Cora Scott früh ins Grab, aber zu der Zeit, da ich meinen Großvater kannte, gehörten ihm 300 Morgen Land, und er war ein einflußreicher Mann in der schwarzen Landgemeinde. Die Leute hörten auf Jeff Scott. Wenn immer unsere Gemeinde Fortschritte irgendwelcher Art machte, so spielte Jeff Scott eine wichtige Rolle. Er war Helfer des Predigers und Vorsitzender des Treuhänderrates unserer Kirche, der Mount Tabor African Methodist Episcopal Zion Church, außerdem Leiter des Kindergottesdienstes.

Mein Vater war eines von den dreizehn Kindern, und als meine Großmutter vierzigjährig starb, heiratete Großvater Fannie Burroughs, die ihm zwölf Kinder zur Welt brachte. Mit 68 wurde Großvater Scott bei einem Autounfall getötet . . .

Mein Großvater mütterlicherseits war schwerer zugänglich als Großvater Scott, aber ich glaube, daß auch Martin McMurry ein sehr interessanter Mann war. In seinen Adern floß indianisches Blut. Er war kurz vor der Sklavenbefreiung geboren worden. Von gedrungenem, kräftigem Wuchs, hellhäutig, mit glattem schwarzem Haar und markanten Zügen glich er, je älter er wurde, mehr und mehr einem Indianer.

Nach modernen Bildungsmaßstäben würde Großvater McMurry als halber Analphabet gelten. Er sagte, er sei etwa zwei Tage in seinem Leben zur Schule gegangen, aber er brachte sich selbst bei, die Bibel zu lesen, und das war alles, was er je las. Wenn er auch nie versuchte, Zeitungen zu lesen, so besaß er doch eine stattliche Sammlung von Nachschlagewerken, die Bibelstellen auslegten. Er wurde für die Leute zu einer Autorität, und sie rieten einander: ›Wenn du irgend etwas über die Bibel besser wissen willst oder eine Stelle der Heiligen Schrift suchst, frage Bruder McMurry.‹ Sein Wortschatz war phantastisch.«

Corettas Vater war bei seiner Eheschließung Arbeiter in einer Sägemühle gewesen und hatte täglich drei Dollar verdient. Mühsam hatte er sich mit der Zeit das Geld für einen Lastwagen zusammengespart und dann für den Sägewerksbesitzer Baumstämme und Nutzholz transportiert. An Wochenenden verdiente er sich als Friseur ein paar Dollar hinzu. Die Eltern besaßen außerdem ein Stück Land, das Corettas Mutter mit den Kindern bewirtschaftete.

Coretta kam in eine Schule, in der in einem großen Raum hundert Kinder und mehr von der ersten Klasse bis zur sechsten Klasse gemeinsam unterrichtet wurden. »Wir hatten zwei schwarze Lehrerinnen, die ihren Beruf selbstlos und hingebungsvoll ausübten. Sie besaßen vermutlich eine Junior-College-Bildung, obwohl man früher lediglich eine einfache Prüfung ablegen mußte, um in schwarzen Schulen unterrichten zu können. Einige Lehrer hatten daher nur acht Klassen absolviert.

Gelegentlich kam die Kreisinspektorin, eine Negerin, und um sie zu beeindrucken, betrugen wir uns vorbildlich. Unsere Lehrerin brannte darauf, mit ihren Schülern vor ihr zu glänzen. Stets bewarb ich mich als Vorsängerin, und manchmal sang ich Soli oder sagte Gedichte auf.«

Die Bekanntschaft zwischen Coretta und Martin Luther verlief aus mancherlei Gründen ziemlich stürmisch. Zwar machte King Coretta gleich bei ihrem ersten Rendezvous einen Heiratsantrag, aber dann stellte sich heraus, daß er daheim in Atlanta eine Fast-Verlobte hatte, ein Mädchen, das offenbar seine Eltern für ihn ausgesucht hatten und für das er selbst keine allzu große Zuneigung empfand. Zwar spielte in Corettas Familie die Bindung an die kirchliche Gemeinde eine ebenso wichtige Rolle wie in der seinen, aber Coretta war Methodistin, gehörte also zu einer anderen Sekte der protestantischen Kirche in den USA als Luther King, der Baptist war. Außerdem scheinen Kings Eltern von der Vorstellung, Coretta werde ihre zukünftige Schwiegertochter sein, nicht allzu begeistert gewesen zu sein. Nicht, daß sie an ihr etwas auszusetzen gehabt hätten, aber es gab da eben noch dieses andere Mädchen, das Mädchen ihrer Wahl.

Für Martin Luther aber erschien Coretta vom ersten Augenblick an als das Mädchen, nach dem er suchte. Eine Frau, wie er sie sich wünschte, mußte vier Eigenschaften haben, die er bei Coretta als gegeben ansah. Sie mußte Charakter, Intelligenz, Persönlichkeit und Schönheit besitzen. Von weiblicher Emanzipation scheint der Emanzipator der amerikanischen Neger nicht allzuviel gehalten zu haben. Coretta berichtet: »Martin war sein Leben lang geteilter Meinung über die Rolle der Frau. Einerseits hielt er Frauen für ebenso intelligent und fähig wie Männer und fand, sie sollten wichtige und einflußreiche Positionen übernehmen. Aber seine eigene Frau stellte er sich als Hausfrau und Mutter seiner Kinder vor.«

Dieser Zwiespalt, der hier deutlich wird, läßt sich vielleicht damit erklären, daß die eine Vorstellung jenem Bild entsprach, das King vom Verhältnis seiner Eltern zueinander übernahm, während das andere Bild seinem Bildungsstand und seinen rationalen Einsichten entsprach.

Coretta aber erinnerte sich, was ihr ihre Mutter in jenem bitteren Augenblick gesagt hatte, da sie als Kind entdeckt hatte, daß die Weißen sie wegen ihrer Hautfarbe als minderwertig ansahen. Sie hatte ihre Tochter zwar, wie dies die meisten schwarzen Mütter tun, mit der Bemerkung getröstet: „Du bist genau so gut wie alle anderen«, sie hatte aber eindringlich und so, als sei dies der Hinweis auf die eigentliche Lösung, hinzugesetzt: »Du gehst zur Schule und versuchst etwas zu werden. Dann brauchst du dich von niemandem herumstoßen zu lassen und hängst von niemandem ab – nicht einmal von einem Mann.«

Dieser Satz scheint sich bei Coretta tief eingegraben zu haben. Es war ein langer Weg von der Schule in dem heruntergekommenen Holzhaus an der Wegkreuzung, die sie zunächst besuchte, bis zum Konservatorium im vornehmen Boston. Vor ihrem eigentlichen Musikstudium hatte sie schon ihre Ausbildung als Grund-

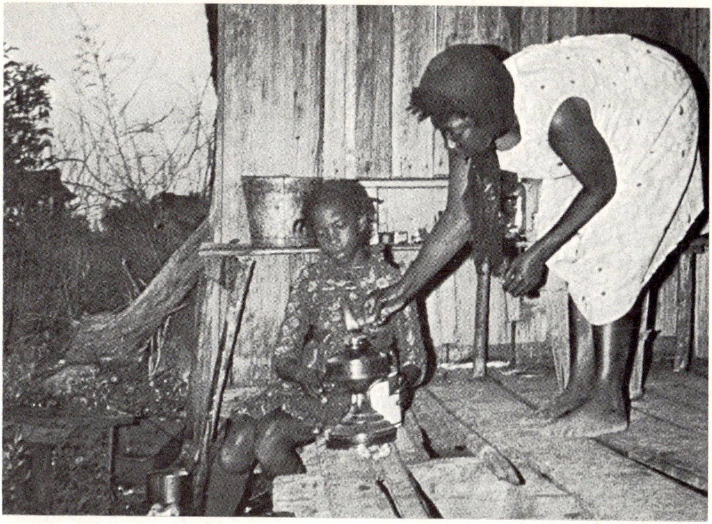

Menschen ohne Zukunft: Eine schwarze Mutter mit ihrer Tochter vor einem Holzschuppen im Slum einer Stadt im Süden Amerikas.

schullehrerin abgeschlossen. Sie hatte erlebt, wie ihre Schwester Edythe den Sprung aufs Antioch College im Staat Ohio gemacht hatte, ein College, in dem sie als erste schwarze Studentin gleichberechtigt mit den weißen Studentinnen lebte. Es war Coretta gelungen, es Edythe gleichzutun.

Sie hatte für ein schwarzes Mädchen aus der Unterschicht also ebenfalls eine erstaunlich gute Ausbildung, und ihre Chancen, mit einem Zweitstudium Konzertsängerin zu werden, standen, als sie Martin Luther King kennenlernte, recht günstig. Wenn sie sich also entschloß, ihr Abschlußexamen als Musikerzieherin statt als Solistin zu machen, weil dies zu einer Pfarrfrau besser paßte, so war das ein nicht zu unterschätzendes Opfer im Hinblick auf ihre Selbstverwirklichung. Andererseits läßt sich aus ihren Erzählungen klar erkennen, daß sie für Martin Luther King nicht zuletzt wegen dessen intellektuellen Fähigkeiten schwärmte.

Das Studentenehepaar King

Am 18. Juni 1953 wurden Martin und Coretta von Daddy King auf dem Rasen vor Corettas Elternhaus getraut. Nach der Eheschließung kehrte das junge Paar nach Boston zurück. Das Studium ging weiter.

Coretta mußte noch ihre Prüfung am Konservatorium ablegen. Martin Luther besuchte die vorgeschriebenen Doktoranden-Seminare, schrieb an seiner Doktorarbeit, predigte aber auch schon häufig an den Kirchen in und um Boston. Das Thema seiner Doktorarbeit lautete: ›*Ein Vergleich des Gottesbegriffs im Denken Paul Tillichs und Henry Nelson Wiemans*‹.

Von Coretta wissen wir, daß Kings Vorstellungen von Gott sich von denen der beiden Theologen, über die er promovierte, weitgehend unterschieden. Martin Luther sprach zu seiner jungen Frau von den drei Arten von Liebe. Dem Eros, »welcher in Platos Philosophie das Verlangen der Seelen nach dem Göttlichen bedeute, während wir darunter heute eine ästhetische oder romantische Liebe verstünden«. Er übersetzte ihr »philia« als gegenseitige Liebe unter Freunden, und er fügte hinzu: »Niemand kann ein solcher Narr sein, von einem anderen zu erwarten, daß er diese Liebe für seinen Unterdrücker empfindet.« Er definierte schließlich »agape« als »erlösenden guten Willen und als das Verständnis für alle Menschen, als selbstlose Liebe, in welcher der einzelne nicht sein eigenes Wohl suche, sondern tätige Liebe«.

Er konnte sich zu Glaubensfragen auch ziemlich unkonventionell äußern, so, wenn er in einem Gespräch mit Coretta über das Leben nach dem Tod sagte: »Ich mache mir keine Gedanken über die Temperatur in der Hölle oder die Einrichtungen des Himmels, sondern mich interessiert auch von meinem Glauben her vor allem, was Menschen hier auf Erden tun.«

Im übrigen scheinen sie sich in ihren Glaubensvorstellungen ziemlich nahe gekommen zu sein, obwohl sie Methodistin und er Baptist war: »Martin glaubte sein Leben lang an einen zugleich unendlichen und personalen Gott, einen liebenden Vater, der den Sieg des Guten über das Böse im Universum erstrebt. Er glaubte – wie auch ich –, daß wir, die wir uns Gott weihen, ihm als Instrumente in diesem großartigen Kampf dienen.«

Außerdem erfahren wir von Coretta in ihrem Lebensbericht ›*Mein Leben mit Martin Luther King*‹, daß ihr Ehemann als Student ein zu Clownerien und Späßen aufgelegter Mensch war, der gern Riesenrad fuhr und gern Rollschuh lief, aber wenig Geschick darin bewies, in dem Studentenhaushalt das Wäschewaschen zu übernehmen. Er kochte gern, und wenn er das Kochen übernahm, gab es immer »soul«-Gerichte, die typischen scharfgewürzten Speisen der Neger aus den Südstaaten, wie beispielsweise Rübenkraut mit Schweinshaxe und ausgelassenem Speck.

Der unbekannte Negerpfarrer aus Montgomery

Im Frühjahr 1954 bestand Coretta ihre Abschlußprüfung am Konservatorium. Martin Luther hatte unterdessen fast vollständig seine Anwesenheitspflicht als Doktorand an der Universität erfüllt. Er konnte nun daran denken, sich entweder nach einem Lehrauftrag umzusehen oder sich eine Pfarrstelle zu suchen.

Durch Vermittlung eines Bekannten seines Vaters erhielt er die Pfarre an der Dexter Avenue Baptist Church in Montgomery angeboten. Die Gemeinde galt als ziemlich vornehm. Kings Vorgänger, Dr. Johns, der wegen seiner Freimütigkeit als Original galt, hatte es nicht selten darauf angelegt, die Selbstgefälligkeit und Hochnäsigkeit seiner Pfarrkinder, die zumeist aus der dünnen Schicht des gehobenen schwarzen Mittelstandes stammten, zu erschüttern.

All dies waren keine einfachen Voraussetzungen, und King sah der Probepredigt, die üblich war, mit ziemlicher Nervosität entgegen. Er sagte sich dann aber: »Halte dich im Hintergrund, Martin Luther King, und Gott im Vordergrund, dann wird alles gutgehen. Denk daran, du bist ein Kanal des Evangeliums, nicht dessen Quelle.«

Diese Einstellung bewährte sich offenbar. Er hielt zwar auch noch Probepredigten in Detroit und Chattanooga, entschloß sich schließlich aber für Montgomery, wo sich die Kirchengemeinde schon für ihn entschieden hatte. Mit ausschlaggebend scheint gewesen zu sein, daß man einer Gemeinde wie der in Dexter in der Predigt auch intellektuell etwas zumuten konnte, daß die Leute dort nicht nur blumigen Gefühlsüberschwang erwarteten.

Martin Luther King kam mit seiner jungen Frau in eine traditionsreiche Stadt. Montgomery war die erste Hauptstadt der abgefallenen Südstaaten gewesen. Es lag nur 80 Meilen von jenem Ort entfernt, an dem Coretta aufgewachsen war und an dem ihre Eltern

In feierlicher schwarzer Robe: Das offizielle Foto des »frischgebackenen« Doktors der Theologie, Martin Luther King. Noch ist er unbekannt, ein schwarzer Pfarrer unter vielen.

immer noch lebten. Sie zumindest kannte sich also in der Gegend aus.

Daß die Mehrzahl der Weißen hartnäckig dem Grundsatz der Rassentrennung anhingen, darüber dürfte sich das junge Paar keine Illusionen gemacht haben. Als sie ihr neues Heim, ein weißes, ziemlich heruntergekommenes Holzhaus, in Montgomery bezogen, sagte Coretta zu ihrem Mann: »Wenn du diese Gemeinde willst, werde ich in Montgomery glücklich sein. Du wirst dich als Prediger vervollkommnen und Erfahrungen als Seelsorger sammeln, und ich werde lernen, eine gute Pastorenfrau zu sein.«

Die Lehrstelle eines jungen Pfarrers – das also sollte Montgomery werden.

Alltag eines Seelsorgers

Der junge Pfarrer nahm es mit seiner Predigerpflicht sehr genau. Fünfzehn Stunden wöchentlich wandte er in seinem ersten Amtsjahr darauf, die Sonntagspredigt vorzubereiten. »Er begann dienstags und arbeitete mit Unterbrechungen bis Samstag daran, indem er die Predigt zuerst ganz niederschrieb und sie dann auswendig lernte. Sonntagmorgen stand er auf der Kanzel und predigte ohne Manuskript.«

Martin Luther King empfand sich als ein Seelsorger für Arm und Reich, und wenn auch manche Gemeindemitglieder fanden, ihr Prediger sei noch etwas jung, so war er doch bald bei allen Schwarzen als der »freundliche Pastor« bekannt. Für die Gemeindearbeit hatte er sich, dessen Doktorarbeit unterdessen auf 350 Seiten angewachsen war, ein ehrgeiziges Programm vorgenommen. Er empfahl und setzte gegenüber seinem Gemeinderat die Gründung eines Arbeitskreises für religiöse Erziehung, eines Arbeitskreises für soziale und politische Aktionen beim Kampf der schwarzen Bevölkerung um die Bürgerrechte durch. Er gründete ein Komitee, das Gelder für Stipendien sammelte, und ein zweites Komitee, das junge schwarze Künstler der Gemeinde finanziell unterstützen sollte.

Coretta King half ihrem Mann als Sekretärin. Sie leitete den Kirchenchor und gab manchmal auch in Städten der Umgebung Konzerte. Im Frühjahr 1955 promovierte Martin Luther King in systematischer Theologie zum Doktor der Philosophie. Am 17. November 1955 brachte seine Frau Coretta ein acht Pfund schweres Mädchen zur Welt, das den Namen Yolanda erhielt.

Es gab in Montgomery eine Gruppe der gemäßigten Bürgerrechtsorganisation der Neger NAACP (›*National Association for the Advancement of Colored People*‹, ›Nationale Vereinigung für den Fortschritt der Farbigen‹). Als man dort hörte, daß der neue Pfarrer der Dexter-Gemeinde allen sozialen Aktivitäten so aufgeschlossen gegenüberstehe, trug man ihm den Vorsitz im Ortsverein an. Aber King lehnte mit der Begründung ab, jetzt, da er endlich mit seiner Promotion fertig sei, wolle er sich noch mehr um seine Gemeinde und auch um seine Familie kümmern.

»Aus dem Nichts zum bemerkenswertesten Führer der Nation«

Aber dann traten in Montgomery jene Ereignisse ein, die der Leser schon kennt und die das bis dahin alles in allem recht normal verlaufende Leben des jungen schwarzen Pfarrers von Grund auf veränderten. In knapp drei Jahren war der junge Pastor einer der bekanntesten Schwarzen der USA geworden, ein Volksführer, eine politische Macht, so wichtig, daß ihn beispielsweise der Regierungschef von Ghana samt seiner Frau zur Feier des Unabhängigkeitstages in die Hauptstadt Accra im März 1957 einlud.

Im Februar 1957 brachte das mit dem ›*Spiegel*‹ vergleichbare amerikanische Nachrichtenmagazin ›*Time*‹ über King eine Titelgeschichte, in der er als »der gelehrte baptistische Neger-Geistliche, der sich in weniger als einem Jahr aus dem Nichts zu einem der bemerkenswertesten Führer der Nation erhoben hat«, vorgestellt wurde. Und weiter heißt es in diesem Aufsatz: »Seine geistige Spannkraft trägt ihn über die Funktion dieser einzelnen Schlacht hinaus.«

Ein Symbol der Hoffnung im Kampf um die Gleichberechtigung – das war Martin Luther King für Millionen schwarzer Amerikaner. Wo immer er sprach, warb er für seine Ideen: »Wir . . . lassen uns leiten von demselben Geist der Liebe und des Widerspruchs gegen die Gewalt, von derselben Würde, die wir in der Vergangenheit schon oft bewiesen haben.«

Es war das Jahr, in dem Martin Luther King nicht weniger als 208 Reden hielt, 780 000 Meilen zu Versammlungen und Kundgebungen der Bürgerrechtsbewegung unterwegs war, er sein erstes Buch, ›*Stride Towards Freedom*‹ (›Schritt auf die Freiheit zu‹), schrieb und am 28. Oktober sein zweites Kind, ein Sohn, Martin Luther King III, zur Welt kam.

Der Propagandist und Organisator der Gewaltlosigkeit

Jene 60 Personen, die sich zunächst in Atlanta, dann in New Orleans Anfang des Jahres 1957 zur ›*Southern Christian Leadership Conference*‹ (SCLC) zusammengefunden und Martin Luther King durch Zuruf zu ihrem Präsidenten gewählt hatten, waren überwiegend Negerpastoren, die aus 29 Gemeinden in 10 der südlichen Staaten der USA stammten. Die meisten von ihnen hatten in ihren Gemeinden ähnliche Aktionen wie die in Montgomery durchzuführen versucht. Nun war mit der Entscheidung des Obersten Gerichtshofes der USA, der die Aufhebung der Rassentrennung in den Bussen in Montgomery verfügt hatte, gewissermaßen ein Präzedenzfall geschaffen worden, auf den man sich berufen konnte.

Die Ziele dieser schwarzen, christlichen Bürgerrechtsorganisation lassen sich unter vier Punkten zusammenfassen. Diese Männer und Frauen wollten:

- die vollen Bürgerrechte und die völlige Integration (Einordnung) der Neger in das gesellschaftliche und wirtschaftliche Leben der USA;
- gewaltlose, direkte Aktionen organisieren, um die Schranken der Rassentrennung zu zerbrechen und so die Benachteiligung der Schwarzen im Schulwesen, auf dem Arbeitsmarkt, bei der Wohnungssuche und bei der Ausübung des Wahlrechts zu beseitigen;
- die Idee und die Methoden der Gewaltlosigkeit durch lokale und regionale ›*Workshops*‹ (›Arbeitsgemeinschaften‹) ausbreiten;
- den kulturellen Abstand zwischen der weißen und der schwarzen Bevölkerung durch ein Bürgerausbildungsprogramm verringern.

Hervorgehoben werden sollte, daß die Aktivitäten der von King geleiteten Organisation sich zunächst vor allem auf die Südstaaten mit ihren Landgegenden, den Klein- und Mittelstädten, bezogen, nicht so sehr auf den Norden, Mittelwesten und Westen der USA, wohin aus dem ländlichen Süden mit der Hoffnung auf mehr Freiheit, bessere Arbeitsbedingungen und auf eine tolerantere weiße Bevölkerung ein ganzer Auswandererstrom der Schwarzen gelangt war, der sich jetzt in städtische Gettos eingesperrt und abgedrängt und ebenfalls um Freiheit und Fortschritt betrogen sah.

In dieser ersten optimistischen Phase der Bürgerrechtsbewegung, die von Mitte der fünfziger bis Anfang der sechziger Jahre dauerte, war Martin Luther King vor allem als Botschafter, Propagandist und Organisator der rasch wachsenden Bewegung tätig.

Bis 1968 umfaßte SCLC 270 lokale Gruppen. Und sie war bis zu diesem Zeitpunkt nur eine der die Bürgerrechtsbewegung tragenden Organisationen. Ohne finanzielle Mittel wären die Aktionen, auf die sich SCLC einließ, nie durchzustehen gewesen. Und »fundraising«, das Aufbringen finanzieller Mittel, war hauptsächlich an die Popularität und das Vertrauen, das man in der amerikanischen Öffentlichkeit und in der schwarzen Gemeinde Martin Luther Kings Persönlichkeit entgegenbrachte, geknüpft. Insofern waren die Reisen und all die Reden eine Notwendigkeit. King konnte jährlich der SCLC durch sein Auftreten bei Versammlungen und Wohltätigkeitsveranstaltungen um die 100 000 Dollar beschaffen. 150 000 Dollar wurden jährlich von 35 000 einzeln angeschriebenen Bürgern aufgebracht, von denen gar nicht so wenige Weiße waren. 100 000 Dollar erhielt die Organisation von der ›*Field-Stiftung der United Church of Christ*‹.

Kings Vorbilder für gewaltloses Handeln

Man muß sich klarmachen, daß Mitte der fünfziger Jahre keineswegs überall die Schwarzen in den USA von jenem Geist der Zivilcourage erfüllt waren wie in Montgomery. Die Idee des gewaltfreien Handelns bedurfte gerade in der amerikanischen Gesellschaft, die traditionell eher zu einer Verherrlichung und Überschätzung der Gewalt beim politischen Handeln neigt, der eindringlichen Propaganda. King selbst schreibt dazu: »Der Grundsatz: ›Auge um Auge‹,

Mit dem Glauben an die Macht der Gewaltlosigkeit und mit tiefem Gottvertrauen gehen diese jungen Männer in den Kampf gegen den Rassismus: »Gott ist auf unserer Seite«.

der Drang, sich zu verteidigen, wenn man angegriffen wird, waren immer als höchstes Maß amerikanischer Mannhaftigkeit betrachtet worden. Wir sind ein Volk, das die Pionierstradition verehrt, und unsere Helden sind Männer, die die Gerechtigkeit durch gewaltsames Zurückschlagen gegen Ungerechtigkeit verteidigen.«

Und ein Anführer einer radikalen schwarzen Gruppe, H. Rap Brown, hat später einmal behauptet: »Die Gewalt hat eine unerhört große Bedeutung in Amerika. Man könnte sagen, Gewalt ist genau so typisch amerikanisch wie der 4. Juli (amerikanischer Nationalfeiertag) oder Kirschtorte.«

Das Vertrauen auf Gewaltlosigkeit und die Ausarbeitung von so etwas wie einer »Lehre der Gewaltlosigkeit« hat sich bei King selbst auch erst allmählich entwickelt. Noch in seiner Studienzeit beurteilte er die Möglichkeit, gewaltlos politische Ziele durchzusetzen, eher skeptisch. »Ich meinte, die christliche Liebesethik gelte nur für die Beziehung zwischen Individuen. Ich konnte mir nicht vorstellen, wie sie in sozialen Konflikten funktionieren sollte.«

Schon auf dem Crozer-Seminar war King auf drei Vorbildgestalten gestoßen, an deren Ideen und Idealen sich sein Bewußtsein bildete. Die eine war der amerikanische Naturphilosoph Henry David Thoreau, der sich im 19. Jahrhundert während des von ihm als ungerecht angesehenen Krieges der Vereinigten Staaten gegen Mexiko (1846–1848) geweigert hatte, weiter Steuern an den Staat zu zahlen, und für seine Überzeugung auch ins Gefängnis gegangen war.

Thoreau, der sich eine Zeitlang in die Wildnis zurückzog und darüber ein Buch schrieb, das den Titel ›*Walden*‹ trägt, war alles andere als nur ein Schwärmer, der die Zivilisation verachtete und Träumen vom einfachen Leben nachhing. Er hatte nur insofern an der Zivilisation und der Gesellschaft etwas auszusetzen, als diese sich in eine gewaltige Maschinerie zu verwandeln drohe, die nicht länger dem Glück des Menschen diene, sondern dazu angetan sei, ihn zu versklaven.

Immer wieder taucht in Thoreaus Schriften das Wort von der »Maschinerie« auf, der sich der einsichtige Mensch verweigern müsse. Nicht mit dem Bus zu fahren, solange in den Bussen die Rassen getrennt sind, stellt genau einen solchen Akt von »Verweigerung« dar.

Der andere große Einfluß kam von dem amerikanischen Theologen Walter Rauschenbusch mit seiner »Lehre vom sozialen Evangelium«. »Seit ich Rauschenbusch gelesen habe«, schreibt King in seinem Buch ›*Stride Towards Freedom*‹ 1958, »bin ich überzeugt, daß jede Religion, die angeblich um die Seelen der Menschen besorgt ist, sich aber nicht um die sozialen und wirtschaftlichen Verhältnisse kümmert, die der Seele schaden, geistig gesehen schon vom Tod gezeichnet ist.«

Das dritte große Vorbild Kings war Gandhi. Bei ihm, dessen Lehren »Anweisungen zum Handeln« waren, fand King Anregungen, wie man ohne Gewaltanwendung politische Ziele in der Praxis durchsetzen kann. Das Schlüsselwort bei Mahatma Gandhi, der die Unabhängigkeit Indiens erkämpfte, heißt »Satyagraha«. Es bedeutet »Appell an das Wahrheitsempfinden« des Mitmenschen. Dieser Appell schließt die Gewaltanwendung aus.

»Wer einem Mitmenschen Gewalt antut«, schreibt erklärend Dietmar Rothermund in dem Band ›*Von Gandhi bis Câmara*‹, »überzeugt ihn nicht, sondern unterdrückt ihn. Der Gewalttätige kann die Wahrheit nicht erkennen, denn er versperrt sich selbst den Zugang zu ihr. Sein Sieg oder seine Niederlage hängt von einer zufälligen Verteilung von Gewalt ab ... Der gewaltfreie Einsatz war für Gandhi alles andere als passiv, er war höchst aktiv; denn er verlangte einen Opfermut, der weit über den eines Soldaten oder Terroristen hinausgeht ...

Auch der Begriff des Widerstandes wäre für ihn (Gandhi) zu einseitig. Die gewaltfreie Aktion geht darüber hinaus und schafft eine neue Lage, in der der Gegner zum Widerstand gezwungen wird, den er mit Mitteln leisten muß, die die Unhaltbarkeit seiner eigenen Position erweisen.

Wer glaubt, daß der Gegner im Unrecht ist, der muß ihn so ins Unrecht setzen, daß dies für alle anderen und den Gegner selbst ersichtlich ist. Das ist die Strategie der gewaltfreien Aktion.«

Mit dieser Strategie hatte Gandhi 23 Jahre lang als Rechtsanwalt gegen die die Inder diskriminierende Gesetzgebung in der Südafrikanischen Union gekämpft. Mit dieser Strategie hatte er den Kampf um die Unabhängigkeit Indiens aufgenommen. Er forderte Nicht-Zusammenarbeit mit der Kolonialmacht England, die ohne

Mitwirkung von Indern ihr Kolonialsystem nicht aufrechterhalten konnte.

Der Unterschied der Situation in Südafrika und Indien bestand darin, daß es in einem Fall um eine Minderheit ging, die relativ wohlhabend und bewußt war, im anderen Fall aber um politisch unerfahrene und undisziplinierte Massen, die geführt werden mußten und leicht irrational reagieren konnten. In beiden Tätigkeitsbereichen Gandhis aber bildeten sich Konstellationen und Probleme ab, die mit denen in der Gesellschaft der USA vergleichbar waren. Vor allem die Übersetzung einer ethischen Lehre in das alltägliche Leben beeindruckte King an Gandhi. Auch King ging es mehr und mehr darum, das Christentum in der Realität anzuwenden und dabei seine sozial-revolutionären Kräfte freizusetzen.

Dabei wurden vor allem zwei gewissermaßen »urchristliche« Werte betont: die Würde jedes Menschen als Person, als Individuum, und die Vorstellung, daß der Gegner oder Feind nicht vernichtet oder gedemütigt, sondern versöhnt werden müsse.

Kings Anweisungen zu gewaltlosem Handeln

King hat nie eine selbständige Philosophie oder eine eigenständige Methode entwickelt. Er hat sich von anderen gewissermaßen ausgeliehen, was für seine Aufgabe nutzbar zu machen war. Dennoch kann man gewisse Prinzipien herausarbeiten, die sich zu einer »Methode der Gewaltlosigkeit“ (Nonviolence) zusammenfügen. Heinrich Grosse hat diese Methode in seinem Buch ›*Die Macht der Armen*‹ in sieben Punkten konkret zu umreißen versucht:

1. Gewaltlosigkeit ist keine Methode für Feiglinge. Es wird wirklich Widerstand geleistet.
2. Durch direkte gewaltlose Aktionen werden untragbare Zustände erhellt. Eine Vielzahl von Menschen sieht sich gezwungen, ihnen ins Auge zu sehen, Stellung zu nehmen.
3. Der Angriff richtet sich gegen die Macht des Bösen, Schlechten, Falschen, nicht gegen die Personen, die es tun.
4. Es wird versucht, mit Wertvorstellungen zu arbeiten, die von bei-

den im Konflikt liegenden Parteien angenommen werden können.

5. Gewaltloser Widerstand vermeidet nicht nur äußere physische Gewalt, sondern auch psychische Gewalt. Wer sich zu der Methode des gewaltlosen Widerstandes bekennt, weigert sich, seinen Gegner zu hassen. Im Zentrum der Gewaltlosigkeit steht die Liebe.
6. Die Mittel müssen so rein wie das Ziel sein. Dies ist die absolute Gegenposition zur Revolutionstheorie der Kommunisten und unter ihnen besonders der Anhänger Lenins, der mehr oder minder lehrte, daß der Zweck (klassenlose Gesellschaft nach dem Sieg der Weltrevolution durch das Proletariat) die Mittel heilige. »In seiner Kritik gewaltsamer Aktionen«, schreibt Grosse, »übersah King keineswegs die psychologische Funktion der Gewalttaten von Unterdrückten. Aufstände können, so räumte er (King) ein, eine ›emotionale Katharsis‹ (gefühlsmäßige Reinigung) der Ausgebeuteten bewirken.

   Im ganzen indes hielt er die positive psychologische Bedeutung gewaltsamen Handelns für sehr begrenzt. Er vertrat die These, daß bei den Beteiligten oft ein Gefühl der Sinnlosigkeit auf die rauschhafte Katharsis eines Aufstandes gefolgt sei. ›Wir haben einen besseren Reinigungsprozeß in unseren gewaltlosen Demonstrationen gesehen.‹ Gerade das Wagnis gewaltloser Aktionen in einer gewalttätigen Gesellschaft gab den Unterdrückten, so stellte King fest, ein neues Selbstwertgefühl.«
7. Von Gandhi übernahm King die Taktik, politische Gegner, die rational nicht ansprechbar sind, durch einen Appell an ihre Gefühle zur Änderung ihrer Einstellung zu bewegen. Leiden hat, so genommen, »eine ungeheuere erzieherische und umwandelnde Kraft«. King, in einer Gesellschaft aufgewachsen, in deren Verfassungsdokument das Recht des Menschen, auf sein Glück auszusein, festgeschrieben wurde, glaubt von daher, freiwillig auf sich genommenes Leiden könne den politischen Gegner zu einer Veränderung seines Verhaltens, also zur Aufgabe seiner rassistischen Vorurteile, veranlassen.

Hier wird natürlich ein utopisches Moment einbezogen, abgeleitet einmal von der christlichen Auffassung, daß Jesus durch sein

Leiden die Sünde und den Tod besiegt und die Menschen erlöst hat, zum anderen abgeleitet von der aus dem Rationalismus herrührenden Vorstellung, daß der Mensch das Recht habe, hier auf Erden glücklich zu sein. Man sollte auch klar zum Ausdruck bringen, daß es sich hier um »Glaubensgewißheiten« handelte, bei denen zu fragen ist, ob sie sich in der Realität bewähren würden.

›Pep talk‹

Andererseits versucht gerade die Kingsche Methode, Glauben aus dem Getto des Kirchenraumes und des Gottesdienstes zu befreien und in der gesellschaftlichen Wirklichkeit zu leben.

In ihren Gottesdiensten führten die Pastoren der SCLC den ›*Pep talk*‹ ein. Das heißt: Aus dem Evangelium sollte versucht werden, den an einer Bürgerrechtsaktion Beteiligten neuen Schwung und Enthusiasmus zu geben. In diesen Gottesdiensten verpflichteten sich Freiwillige mit Handschlag vor dem Altar, in der Armee der Gewaltlosen zu kämpfen. Sie gelobten feierlich, »täglich zu beten, daß Gott einen dazu benutzen möge, allen Menschen zur Freiheit zu verhelfen«.

Manchmal wurden die Gottesdienste sogar zur »Trainingsstunde für die Erlernung gewaltloser Techniken«. So probten kurz vor Aufhebung der Rassenschranke in den Bussen in Montgomery die Neger den Zustand der Integration in der Kirche. »Vor dem Altar wurden Stühle aufgestellt, die die Busse bzw. die Sitzreihen darstellten; Teilnehmer der Versammlung übernahmen die Rollen weißer und schwarzer Fahrgäste«.

Kamen so Wirklichkeit und politischer Alltag in die Kirche, so verstand man nun andererseits auch die gewaltlosen Aktionen als »Gottesdienst im Alltag«. So betrachtet, revolutionierte Kings Vorgehen auch das Verhältnis Kirche und Öffentlichkeit, zwischen Glauben und Realität, und trieb die von Rauschenbusch übernommenen Vorstellungen eines »sozialen Evangeliums« ein ganzes Stück weiter voran.

Ständig in Gefahr

Im September 1958 hatte Martin Luther King eine Vorlesetour mit seinem Buch ›*Stride Towards Freedom*‹ angetreten. Am 17. September war er in Harlem, dem Negerviertel New Yorks, und signierte dort in der Schuhabteilung des Kaufhauses Blumenstein in der 125sten Straße Bücher.

Plötzlich trat eine Negerin auf ihn zu und rief: »Luther King, seit Jahren bin ich schon hinter dir her!« Darauf stieß sie ihm einen scharfen japanischen Brieföffner in die Brust.

Ganz offensichtlich handelte es sich bei der Täterin, Mrs. Isola Curry, um eine Geistesgestörte. Als die Polizei sie abführte, stellte man fest, daß die Frau auch noch einen Revolver auf dem Leib trug. Die Spitze des Brieföffners war genau bis zur Aorta vorgedrungen. Eine ziemlich schwierige Operation wurde notwendig, um die Klinge aus dem Körper zu entfernen.

King überwand die schwere und schmerzhafte Verwundung gut. Aber der Vorfall war für ihn und seine Familie ein Hinweis, in welcher Gefahr eigentlich ständig jemand schwebt, der durch seine Gesinnung vielen Menschen bekannt ist.

Als die Nachricht von der Tat in der Öffentlichkeit bekannt wurde, trafen in dem Krankenhaus, in dem King lag, Tausende von Briefen, Postkarten und Telegrammen ein. Schließlich mußte seine Frau im Krankenhaus ein Sekretariat einrichten, um all die Post beantworten zu lassen. Ein Oberschüler schrieb beispielsweise: »Ich habe in der Zeitung gelesen, daß der Arzt sagt, es wäre tödlich gewesen, wenn Sie hätten niesen müssen. Ich bin froh, daß Sie nicht niesen mußten und daß Gott Sie verschont hat, damit Sie weiter Gutes tun können.«

Der Kreuzzug der Gewaltlosigkeit kann beginnen

Das Attentat, so stellte sich in den folgenden Monaten heraus, wirkte auf die Bürgerrechtsbewegung doch als eine Art Schock.

Man wurde sich plötzlich bewußt, daß man ständig in Lebensgefahr schwebte und es fanatisierte Feinde gab, die auch vor dem Äußersten nicht zurückschreckten.

Für King hatte das zur Folge, daß er während der Zeit der Rekonvaleszenz viel über die Verantwortung nachdachte, die durch seine Aufgabe auf ihm lastete. Er war sich wohl bewußt, daß jeder Mensch ein Wesen mit Schwächen und Fehlern ist, und sagte in diesem Zusammenhang fast bestürzt zu seiner Frau: »Und ich kann mir keinen Fehler leisten.«

Die Indienreise, die er zusammen mit seiner Frau im März 1959 unternahm, brachte eine Antwort auf solche Fragen. Das Indien, das sie sahen, war nicht mehr das Indien Mahatma Gandhis. Es war ein Indien, das von Nehru geführt wurde, der in gewissem Sinn sogar Gandhis Gegner gewesen war, denn Gandhi hatte Indien eine moderne technische Gesellschaft ersparen wollen. Nehru war der Ansicht, Indien werde ohne Übernahme der modernen Technik nicht überleben können.

Aber auf dieser Reise las King in der Autobiographie Gandhis, daß diesen das Prinzip der Gewaltlosigkeit nicht hatte bestimmen können, irgendeiner Auseinandersetzung aus dem Weg zu gehen. King sah, daß die krassen sozialen Gegensätze ebensowenig überwunden waren wie die das Wohl der Menschen hemmenden abergläubischen Sitten und Gewohnheiten. Er machte sich klar, daß viele Anhänger Gandhis zehn Jahre und länger im Gefängnis gesessen hatten und daß es insgesamt ein halbes Jahrhundert dauerte, bis die Inder ihre Unabhängigkeit hatten durchsetzen können.

All dies lehrte ihn im Hinblick auf seine eigene Aufgabe Geduld, rückte ihm aber wahrscheinlich auch vor Augen, daß Armut ein politisches Schlüsselproblem darstellte, ein Problem von vielleicht noch größerer Bedeutung als der Rassenkonflikt.

Das brachte ihn auf den in seinem letzten Lebensabschnitt geäußerten Gedanken, daß die Überwindung der Armut eine Wertvorstellung sein könne, die Menschen aller Hautfarben und Rassen vereinen könne.

Ende 1959 stellte sich heraus, daß King einfach nicht mehr in der Lage war, seinen Pflichten als Pfarrer von Dexter so nachzukommen, wie er sich das wünschte. Das Hauptquartier der SCLC

Im Heimatland von Mahatma Ghandi, Kings Vorbild für gewaltlosen Protest: Martin Luther King mit seiner Frau 1959 beim damaligen Premierminister Nehru in Indien.

lag in Atlanta, und er mußte ständig zwischen Atlanta und Montgomery hin- und herpendeln.

Die Gemeinde von Dexter hatte sich bis dahin sehr großzügig gezeigt. Der Kirchenvorstand hatte mehrfach versichert: »Wir alle wissen, wie stark Sie beansprucht werden, aber bitte, verlassen Sie uns nicht, Dr. King. Wir wollen Sie für immer an unserer Kirche behalten.« Und doch blieb King letztlich keine andere Wahl, als endgültig nach Atlanta überzusiedeln. Daddy King hatte ihm dort die Stelle des zweiten Pastors an der Ebenezer Baptist Church angeboten. Das Hauptquartier der SCLC nach Montgomery zu verlegen, kam wegen der günstigeren Lage von Atlanta nicht in Frage.

Also hieß es Ende November Abschied nehmen. Der Schlußgottesdienst in Dexter verlief sehr bewegend. Der Pfarrer und viele Gemeindemitglieder weinten.

Zwei Tage später erklärte King: »Die Zeit ist reif, daß unsere Kampagne im Süden auf ganzer Front einen Angriff zugunsten der Gleichheit unternimmt. Nach reiflicher Überlegung und vielen Gebeten bin ich zu der Überzeugung gelangt, daß der Moment günstig ist und ein energischer Feldzug gegen die Ungerechtigkeit große Fortschritte bringen kann ... Wir werden nicht nur die Kampagne der Wählerregistrierung verstärken, sondern mit allen Mitteln gegen Diskriminierung und Rassentrennung in all ihren Formen vorgehen. Wir müssen unsere Jugend und unsere erwachsenen Führer in den Methoden der sozialen Veränderung durch gewaltlosen Widerstand schulen. Wir müssen vor allem die breite Masse des Volkes an unserem Kampf beteiligen.«

Ein Wort der Erklärung ist zu dem Stichwort »Wahlregistrierung« notwendig. Formal, nach Gesetzen des Bundes, der Union, besaßen auch die Neger seit der zweiten Hälfte des 19. Jahrhunderts das Wahlrecht. Real wurden sie in vielen Staaten des Südens um ihr Wahlrecht durch Tricks, Bedingungen, Prüfungen und Tests gebracht, die sie ablegen mußten, ehe man sie in die Wahllisten eintrug.

Coretta King erzählt in ihren Lebenserinnerungen, zu welchen Mitteln seit den achtziger und neunziger Jahren in den Südstaaten gegriffen wurde, um die schwarze Bevölkerung von der Wahlurne fernzuhalten: »Damals nahmen mehrere Südstaaten die ›Großvaterklausel‹ in ihre Verfassung auf, der zufolge niemand das Wahlrecht hatte, dessen Großvater nicht auch schon wahlberechtigt gewesen war. Natürlich waren die meisten unserer Großväter Sklaven gewesen, so daß fast der gesamten schwarzen Bevölkerung faktisch das Wahlrecht entzogen war.

Ein anderer Trick, um die Neger am Wählen zu hindern, war die hohe Wahlsteuer. In Alabama kostete es zwei Dollar, zu wählen, aber ging man zum Beispiel im Alter von 30 Jahren zum erstenmal zur Wahl, dann hatte man alle zurückliegenden Steuern vom 21. Lebensjahr bis dahin zu zahlen – in diesem Fall zwanzig Dollar, damals für viele unerschwinglich, weil ein beträchtlicher Teil des Jahreseinkommens.«

Wie wirksam diese Methode war, geht auch aus dem Beispiel des Heimatortes von Coretta hervor: »1940 lebten in Marion und Umgebung annähernd 1000 Weiße und 2000 Neger. Aber noch 1955 waren erst etwa 150 Schwarze als Wähler registriert.«

So ist es nur zu verständlich, daß SCLC die Vorbereitung schwarzer Wähler auf die Wahlprüfungen und ihre Registrierung, also ihre Eintragung in die Wahllisten, als eines ihrer wichtigsten Ziele ansah.

Angeklagt wegen Steuerhinterziehung

Der Abschied von Montgomery wurde von einem jener nun immer häufiger werdenden Versuche überschattet, das Ansehen Martin Luther Kings durch Klatsch, Gerüchte, üble Nachrede oder – wie in diesem Fall – durch ehrenrührige Anschuldigungen herabzusetzen. Kaum war der Umzug nach Atlanta vonstatten gegangen, da klagte man ihn vor dem Geschworenengericht in Montgomery an, eine falsche Steuererklärung abgegeben zu haben. Im Klartext hieß das, er habe Geld, das er für die Bürgerrechtsorganisation erhalten hatte, in die eigene Tasche gesteckt.

Wenn an diesen Vorwürfen auch kein wahres Wort war, so trafen sie ihn doch schwer. Er machte eine Phase tiefer Niedergeschlagenheit durch. Schließlich fuhr er nach New York zu seinem alten Freund Dr. Ralph Bunch, einem schwarzen Diplomaten, der die USA bei den Vereinten Nationen vertrat. Bunch, der King bei diesem Besuch auch mit dem Generalsekretär der UNO bekannt machte, sagte zu ihm: »Schau, Martin, das Wort des Staates Alabama steht gegen das Wort von Martin Luther King. Für mich ist keine Frage, wem das Land glauben wird.«

Der Ausgang des Gerichtsverfahrens über diese Angelegenheit kam einer kleinen Sensation gleich. Ein Gericht der Südstaaten, bestehend aus zwölf weißen Geschworenen, sprach Martin Luther King frei. Am Tag der Urteilsverkündung, dem 26. Mai 1960, prägte King das Wort: »Die mit Füßen getretene Wahrheit wird sich immer wieder aufrichten. Keine Lüge lebt ewig.«

Sitzend demonstrieren Schwarze gegen Rassendiskriminierung: Ob auf den Gängen des Rathauses von New York . . .

Sit-in: Die neue Form des gewaltlosen Protests

1960 war im übrigen das Jahr der Sit-ins, eine Form gewaltlosen Protests, die damals erfunden wurde und sich seither über die ganze Welt ausgebreitet hat. Die ersten Sit-ins waren spontane Unternehmen, bei denen sich schwarze Studenten in einer Imbißstube in Greenboro im Staate North Carolina, in der gewöhnlich nur Weiße als Kunden bedient wurden, einfach auch an die Theke setzten.

Sehr rasch bildeten sich, nachdem es an verschiedenen Orten zu solchen Aktionen gekommen war, gewissermaßen als studentischer Zweig der Bürgerrechtsbewegung im Frühjahr 1960 das ›*Student Nonviolent Co-Ordinating Committee*‹ (SNCC). Es war ge-

. . . oder auf den Straßen von Brooklyn. Eine neue Form des gewaltlosen Protestes breitet sich seit Ende der fünfziger Jahre aus.

genüber ›*Southern Christian Leadership Conference*‹ (SCLC) selbständig, bekannte sich aber ähnlich wie diese zu einer »Demokratie ohne Rassentrennung mittels gewaltloser Aktionen«.

Was die Rassentrennung in Restaurants im Alltag bedeutete, wird aus dem folgenden Bericht Coretta Kings klar: »Ein Neger konnte außerhalb der schwarzen Viertel so gut wie nirgends auch nur ein Glas Wasser bekommen, wenn er nicht zum Nebeneingang eines Drugstores ging und es sich dort herausreichen ließ.

Als Martin, lange nachdem er im ganzen Land Anerkennung gefunden hatte, einst nach Atlanta flog, geriet er mit dem Weißen, der neben ihm saß, ins Gespräch, und sie unterhielten sich so gut, daß ihn sein Mitreisender in Atlanta zum Lunch im Flughafen einlud. Martin nahm dankend an, und die beiden Männer betraten zusammen das Restaurant. Sie verlangten einen Tisch für zwei Personen, worauf die Empfangsdame Martin ansah und sagte: ›Ich muß Sie an einen Extratisch setzen.‹

Sie führte Martin zu einem Platz hinter einem Vorhang und sagte: ›Es ist alles dasselbe: das Essen, der Tisch und die Stühle sind dieselben.‹

›O nein‹, entgegnete mein Mann freundlich, aber entschieden. ›Es ist nicht dasselbe. Wenn Sie mich segregieren, bringen Sie mich um die Gesellschaft meines Bruders, mit dem ich mich gern weiter unterhalten hätte . . .‹

Natürlich war Martin nicht bereit, hinter einem Vorhang zu sitzen, und so verließ er das Restaurant.«

Wie diese Episode beweist, war King selbst schon häufig Opfer der widersinnigen Bestimmungen zur Trennung der Rassen in Restaurants, Gaststätten, Bars usw. geworden. Immer hatte er sich dagegen empört. Nun unternahm er zusammen mit 75 Studenten in Atlanta ein Sit-in. Alle wurden verhaftet. Die Gruppe war übereingekommen, keine Kaution zu stellen. Sie blieben eine Woche im Gefängnis. Dann waren die Geschäftsleute und die Stadtverwaltung bereit, ein Abkommen über die Aufhebung der Rassenschranke in den Restaurants Atlantas auszuhandeln.

Es war zu jener Zeit, daß die kleine Tochter der Kings anfing, ihre Mutter zu fragen: »Warum muß Daddy ins Gefängnis?«

Coretta versuchte, es den beiden noch kleinen Kindern mit einfachen Worten zu erklären.

Kurze Zeit darauf belauschte eine Bekannte ein Gespräch zwischen der King-Tochter, Yoki, und einem kleinen weißen Mädchen.

Das weiße Kind: »Oh, dein Daddy ist immer im Gefängnis.« Darauf Yoki: »Ja, er geht ins Gefängnis, um anderen Leuten zu helfen.«

Der lange Arm des Ku-Klux-Klan

Nicht immer verliefen die Gefängnisaufenthalte Kings harmlos. Wenn man ihn in Atlanta oder in einer anderen Großstadt verhaftete, konnte man ihn im Gefängnis Schikanen aussetzen, ihn hart anfassen, aber sein Leben war nicht in Gefahr. Anders lag der Fall, wenn er in einer ländlichen Gegend verhaftet wurde. Dort war mehr als einmal ein Neger vom Mob weißer Rassisten aus der Zelle herausgeholt und gelyncht worden. Dort geschah es auch manchmal, daß die Polizei aufsässige Neger dem Ku-Klux-Klan in die Hände spielte, der sie teerte und federte oder gar totschlug.

Der Klan war eine jener nach dem Bürgerkrieg von fanatischen Weißen gegründeten Terrororganisationen, damals dazu bestimmt, »die Nigger an ihrem Platz zu halten«. Von Zeit zu Zeit lebte diese Organisation wieder auf. Bürgerrechtskämpfer haben 1951 ein Gedicht verfaßt, das später in einer Vertonung von Elizabeth Knight auf den Freiheitsfahrten der schwarzen Studenten gesungen und unter der jungen Generation der USA bekannt wurde. Wir geben es hier in einer freien deutschen Übersetzung wieder:

Alan Grey: Der Klan

Ganz stille war es schon im Land.
Ein Kreuz dort auf dem Hügel stand.
Nahm aus sich wie ein bös' Gesicht,
und Mord und Haß es uns verspricht.
Vater, hörst du den eisernen Ton?
Hufschläge sind es – sie kommen schon!

Vom Hügel kam ein Reiterzug,
Jesus, ist hier nicht Haß genug?
An ihren Peitschen klebte Blut,
die Stimmen grölten, irr vor Wut.
Mutter, sie kamen mir entgegen.
Mein Blut verrinnt wie Sommerregen.

Von keinem sah ich das Gesicht,
doch scheuten sie zu morden nicht.
Den Leichendunst liebten sie sehr,
gebrochne Nacken noch viel mehr.
Schwester, du hörst nicht mein Schrein.
Es sind die Toten sehr allein.

Wer jemals ausritt mit dem Klan,
der ist ein Untier, ist kein Mann.
Und die Kapuze nur verdeckt
den Satan, der dahinter steckt.
Bruder, ich bitte dich, steh uns bei,
ohne dich werden wir nimmer frei.

Im Herbst 1960 wurde Martin Luther King im Kalb County, einer Hochburg des Klan, zu sechs Monaten Zwangsarbeit in der Staatlichen Besserungsanstalt von Reidsville verurteilt. Grund: Er hatte seinen schon in Alabama ausgestellten Führerschein nicht gegen einen in Georgia gültigen umgetauscht.

Lynchjustiz weißer Rassisten in den Südstaaten Amerikas: Schwarze werden ohne Gerichtsurteil getötet. Hier 1909 in Buston im Bundesstaat Louisiana. Solche Übergriffe gab es auch in den 60er Jahren und bedeuteten eine große Gefahr für King und die Bürgerrechtsbewegung.

Diesmal brach Coretta zusammen. Ihr Schwiegervater versuchte, sie zu beruhigen, indem er sagte: »Du siehst mich nicht weinen. Ich bin bereit zu kämpfen. Wenn du Daddy weinen siehst, Coretta, dann kannst du auch weinen. Ich werde nicht klein beigeben!«

King wurde über 300 Meilen hin, an Händen und Beinen mit Ketten gefesselt, nach Reidsville gebracht, dort hieß man ihn Sträflingskleidung anziehen und steckte ihn zu Schwerverbrechern in eine Zelle.

Die Lage war düster. Da rief John F. Kennedy, damals noch US-Senator und Präsidentschaftskandidat, Coretta King an. Er versprach, sich für Kings Freilassung einzusetzen. Innerhalb von vierundzwanzig Stunden war King (zunächst allerdings nur gegen Kaution!) frei. Immerhin war so die Gefahr, daß sich der Ku-Klux-Klan seiner bemächtigen könne, abgewendet.

Wie Coretta erzählt, soll nach der Freilassung seines Sohnes Daddy King, der ursprünglich bei der Präsidentschaftswahl vorgehabt hatte, Nixon zu wählen, öffentlich gesagt haben: »Und wenn ich einen Koffer voller Wahlzettel hätte, ich würde sie alle für Senator Kennedy abgeben.«

Ein paar Tage später wurde John F. Kennedy mit einer Mehrheit von nur etwa 100 000 Stimmen Präsident der USA. Die Nachricht von seiner Intervention zugunsten Kings, die sich unter der schwarzen Bevölkerung rasch herumgesprochen hatte, dürfte ihm unter Umständen zu den für den Sieg entscheidenden Stimmen verholfen haben.

Geheimnis in Albany?

Das Jahr 1961 wurde zum Jahr der ›*jail-in*‹-Bewegung. Am 6. Februar 1961 gaben Mitglieder des ›Student Nonviolent Co-Ordinating Committee‹ die Losung aus: »Jail no bail. Keine Kaution – ins Gefängnis!«

Im Mai versuchten weiße und schwarze Studenten gemeinsam die Aufhebung der Rassentrennung in den Überlandbussen durchzusetzen. In Montgomery griffen weiße Rassenfanatiker schwarze und weiße ›*Freedom Riders*‹ (Busreisende für die Freiheit) tätlich an. Daraufhin schickte der neue Justizminister Robert Kennedy 400 der Bundesregierung unterstehende Polizisten nach Montgomery. Gleichzeitig aber versuchte er auf King einzuwirken. Er plädierte für eine »Periode der Abkühlung«. King aber lehnte jegliche Verminderung oder gar die völlige Einstellung der Aktionen ab. Er sprach von einem »psychologischen Wendepunkt« und sagte weiter: »Wenn wir durch diese Periode hindurchkommen, dann haben wir, so glaube ich, dem massiven Widerstand und der Diskriminierung das Rückgrat gebrochen.«

Am 21. September 1961 gab das ›*Southern Regional Council*‹, eine Art Informationsbüro der Bürgerrechtler in Atlanta, bekannt, daß die Sit-in-Bewegung auf 20 Staaten und mehr als 100 Städten übergegriffen habe. 70 000 Neger und Weiße nahmen an den Demonstrationen teil. 3600 Personen sind im laufenden Jahr bei gewaltlosen Aktionen festgenommen worden. 141 Studenten und 58 Universitätslehrer wurden wegen Beteiligung an solchen Aktionen von ihren Colleges und Universitäten ausgeschlossen.

Zwischen dem 29. November und dem 2. Dezember wurden bei einer Fahrt nach McComb, einer Kleinstadt im Staate Mississippi, ›*Freedom Riders*‹ von weißem Mob tätlich angegriffen.

Zwischen dem 12. und 16. Dezember begannen die ersten Demonstrationen in Albany, Georgia, in deren Verlauf 700 Schwarze, unter ihnen auch Dr. Martin Luther King, festgenommen wurden. Albany wurde in der Bürgerrechtsbewegung zu einem Synonym für Mißerfolg. Warum?

Die Forderungen der sogenannten ›*Albany Movement*‹, die King mit seinen Mitarbeitern unterstützte, waren an sich recht bescheiden. Man verlangte:

So reagiert der Gouverneur von Maryland: Über die von Rassenunruhen erschütterte Stadt Cambridge verhängt er das Kriegsrecht. Truppen patroullieren durch die Straßen und überprüfen jeden, der die von Schwarzen bewohnten Viertel betritt oder sie verlassen will.

- Aufhebung der Rassenschranke in Bahnhöfen,
- Bildung von Komitees schwarzer und weißer Bürger,
- Rücknahme aller Klagen gegen Teilnehmer früherer Demonstrationen.

Diese Forderungen sollten durch einen Einkaufs- und einen Bus-Boykott durchgesetzt werden.

Die Auseinandersetzungen in Albany zogen sich über ein ganzes Jahr hin. Am 24. Juli 1962 bewarfen 2000 jugendliche Schwarze 170 gegen sie eingesetzte Polizisten mit Flaschen und Steinen. Damit war von Angehörigen der Bürgerrechtsbewegung selbst zum erstenmal der Grundsatz der Gewaltlosigkeit verletzt worden.

Zwar erklärte King den darauffolgenden Tag als »Tag der Reue« und beschränkte die direkten Aktionen auf sogenannte »Gebetswachen«, zwar gingen Abernathy, einer seiner engsten Mitarbeiter, und er in Gaststätten, Bars und Spielhallen, um möglichst vielen Leuten die Notwendigkeit eines gewaltlosen Verhaltens persönlich zu erklären, all das aber vermochte den negativen Eindruck nicht zu verwischen, der durch die gewalttätige Reaktion der schwarzen Jugendlichen entstanden war. Es scheint auch, daß King und seine Mitarbeiter in Albany weitgehend Fremde blieben. Zum erstenmal sprach sich auch ein Teil der schwarzen Bevölkerung gegen die Bürgerrechtsbewegung aus.

Was dann geschah, stellt Martin Luther King selbst so dar: »Vor einigen Wochen wurde ich vom Stadtgericht von Albany in Georgia verurteilt, weil ich an einem friedlichen Protestmarsch gegen die Rassentrennung in dieser Gemeinde teilgenommen hatte. Mein Gewissen riet mir, die vom Gericht verhängte Strafe von 178 Dollar nicht zu bezahlen, sondern statt dessen 45 Tage ins Gefängnis zu gehen. Als ich mich gerade in meinem neuen Heim eingewöhnt hatte, wurde Reverend Ralph Abernathy und mir mitgeteilt, ein unbekannter Wohltäter habe die Geldstrafe für uns bezahlt und wir hätten sofort das Gefängnis zu verlassen. Wie die ›Constitution‹ in Atlanta kurz darauf schrieb, haben wir jetzt einen Wendepunkt in der Rassenfrage erreicht. Wir haben mitangesehen, wie Personen während der Sit-ins von der Lunchtheke weggezerrt und in die Gefängnisse geschleppt wurden. Aber es ist wohl das erstemal, daß jemand aus einem Gefängnis hinausgeworfen worden ist.«

King behauptet also, man habe durch die Freilassung den Protest der Bürgerrechtsbewegung ausmanövrieren wollen. Der schwarze Publizist Louis Lomax stellt in seinem Buch ›*The Negro Revolt*‹ die Sache aber so dar, als ob King auf wen oder auf was auch immer habe Rücksicht nehmen müssen. Lomax schreibt in seinem Buch, er kenne das »Geheimnis von Albany«. Er unterläßt es aber, genauer zu werden, da, wie er behauptet, King für diesen Fall ihm angedroht habe, gegen ihn vorzugehen, und zwar »nicht nur mit gewaltlosen Mitteln«.

Indem Luther in Albany nachgab und nicht im Gefängnis blieb, so argumentiert Lomax, habe er an einem wichtigen Ort einen schon nahezu sicheren Sieg verschenkt. Mehr noch: Die schwarze Bevölkerung – ein Drittel der 57 000 Einwohner der Stadt waren Neger –, die sich für die Bürgerrechtsbewegung engagiert und große Opfer gebracht habe, sei nun mit einem Gefühl tiefer Niedergeschlagenheit zurückgeblieben, das sich weit über Albany hinaus ausbreitete. Lomax mag recht haben, was den psychologischen Effekt angeht. Unsicher bleibt, ob es ein »Geheimnis von Albany« wirklich gegeben hat.

Plausiblere Gründe für das Scheitern haben King und der Planungsstab der SCLC nach einer selbstkritischen Analyse genannt: »Wir kamen zu der Überzeugung, daß unser Hauptfehler . . . darin bestand, daß wir unsere Bemühungen auf zu viele Punkte richteten.« Hinzu kam, daß der Polizeichef von Albany, Pritchett, die Bestimmungen zur Rassentrennung, wie King schreibt, »möglichst gewaltlos« anwendete. Und Heinrich Grosse urteilt: »Auch die Gandhische Methode der Überfüllung der Gefängnisse wurde vom Polizeichef unwirksam gemacht, indem er ›überzählige‹ Gefangene in benachbarte Gefängnisse einliefern ließ.«

Der weiße Historiker und Bürgerrechtler Howard Zinn schließlich meint, der Fehler habe darin gelegen, daß die direkten Aktionen nicht durch entsprechende Klagen bei den Gerichten unterstützt wurden.

Birmingham: Sieg der Gerechtigkeit?

Daß Luther King und seine Organisation aus den Fehlern von Albany gelernt hatten, bewies die minutiöse Planung der nächsten Kampagne zu Ostern 1963 in Birmingham, Alabama.

Man hatte ausgerechnet, daß die schwarze Gemeinde hinreichend Kaufkraft besaß, um durch Boykottmaßnahmen die Geschäftswelt in ernstliche Schwierigkeiten zu bringen, noch dazu, da der Boykott in eine Haupteinkaufszeit kurz vor Ostern fallen würde.

Am 3. April wurden die Aktionen mit der Veröffentlichung eines Manifestes eingeleitet, in dem es hieß: »Die Geschichte von Birmingham offenbart, daß der demokratische Prozeß das Leben der Neger kaum berührt hat. Wir sind rassisch getrennt, wirtschaftlich ausgebeutet und politisch unterdrückt worden ... Wir glauben an den ›Amerikanischen Traum‹ von Demokratie. Heute handeln wir in voller Übereinstimmung mit unserer jüdisch-christlichen Tradition, den Erfordernissen der Moral und der Verfassung unserer Nation.«

Karfreitag, 12. April 1963: Trotz Verbots demonstriert King in Birmingham, Alabama und kommt mit anderen ins Gefängnis.

Nach dem »Kinderkreuzzug« stehen in den Straßen von Birmingham Polizei und Feuerwehr auch weiterhin bereit, um neuen Demonstrationen begegnen zu können.

Am Tag darauf wurden in allen schwarzen Stadtvierteln und in den Negerkirchen Massenversammlungen abgehalten. Auf den meisten dieser Versammlungen sprach King selbst und rief den Negern die Prinzipien der Gewaltlosigkeit ins Gedächtnis.

»Am Ende einer jeden Versammlung erging, wie in Montgomery, die Einladung an die Teilnehmer, sich als Freiwillige für die gewaltlose Armee ausbilden zu lassen. Die Freiwilligen gaben alle Waffen ab, die sie bei sich hatten. Sie mußten eine Verpflichtungskarte unterschreiben, die folgende Gebote enthielt:

1. Denke täglich über die Lehren und das Leben Jesu nach.
2. Denke immer daran, daß die gewaltlose Bewegung in Birmingham Gerechtigkeit und Versöhnung sucht, nicht den Sieg.
3. Geh und sprich im Geist der Liebe, denn Gott ist die Liebe.
4. Bete täglich zu Gott, daß er dich dazu benutzen möge, allen Menschen zur Freiheit zu verhelfen.«

Schon der Geschäftsboykott war sehr wirksam. Die Zahl der Freiwilligen nahm in den nächsten Tagen ständig zu. Es wurden nun auch ›*Kneel-ins*‹ (›to kneel‹ = ›knien‹) und Sit-ins in Kirchen und städtischen Büchereien durchgeführt.

Als dies eine gerichtliche Verfügung verbot, setzte sich King nach einem Fastentag, am Karfreitag, dem 12. April, bewußt über das Verbot hinweg. Zusammen mit den Pastoren Shuttleworth und Abernathy und einer Gruppe von 50 Schwarzen marschierte er von der Baptistenkirche aus in Richtung Rathaus. Alle Demonstranten wurden sofort verhaftet.

Als Antwort auf einen »Aufruf zu Gesetzestreue, Ordnung und Vernunft«, den im Januar des Jahres katholische, protestantische und jüdische Geistliche verfaßt hatten, veröffentlichte King nun seinen ›*Brief aus dem Gefängnis in Birmingham*‹, in dem es hieß: »Wir haben über 340 Jahre auf unsere verfassungsmäßigen und von

Auf dem Marsch in Birmingham: Eine Gruppe von Protestierenden unmittelbar vor der Verhaftung.

Gott gewährten Rechte gewartet ... Es gibt eine moralische Verpflichtung, ungerechten Gesetzen den Gehorsam zu verweigern ... War nicht Jesus ein Extremist der Liebe?«

Obwohl die Verhaftung Kings und seiner Mitarbeiter in der Presse des ganzen Landes erregt kommentiert wurde, war die Geschäftswelt von Birmingham immer noch nicht bereit, nachzugeben. Da setzte die SCLC 6000 schwarze Kinder und Jugendliche ein, die man zuvor mehrere Tage in den Methoden des gewaltlosen Widerstandes unterwiesen hatte. Aufgeteilt in Gruppen zu etwa 40 Kindern zog dieser »Kinderkreuzzug« durch die Straßen der Stadt und sang ›*We Shall Overcome*‹. Innerhalb kürzester Zeit verhaftet die Polizei 2500 Kinder und Jugendliche, die bei ihrer Festnahme niederknieten und beteten.

Am 5. Mai wurde den Demonstranten der Zutritt zu 17 von 21 weißen Kirchen verwehrt. Als darauf 1000 Schwarze eine Gebetsversammlung in der Nähe des Stadtgefängnisses abhielten, ging die Polizei mit Wasserwerfern gegen sie vor. Pfarrer Billups, der auf seiten der Bürgerrechtler diese Aktion leitete, kniete ruhig nieder und begann laut zu beten: »Laßt sie das Wasser andrehen. Laßt sie Hunde einsetzen. Wir weichen nicht. Vergib ihnen, Herr!«

Nach dieser Folge sehr eindrucksvoller, an das Gefühl appellierender Handlungen sah sich die Bundesregierung in Washington veranlaßt, ihre bisher gewahrte Neutralität aufzugeben. Justizminister Robert Kennedy verhandelte mit den Geschäftsleuten der Stadt. Einige Großindustrielle aus den Nordstaaten machten ihren Einfluß geltend. Am 10. Mai 1963 konnte King eine Übereinkunft bekanntgeben, die die Aufhebung der Rassentrennung in Erfrischungsräumen, Toiletten und an Trinkfontänen, die Beförderung bzw. Einstellung von Schwarzen in den städtischen Verkehrsmitteln und die Freilassung aller inhaftierten Demonstranten vorsah.

Bis zum Juni waren alle Punkte dieser Abmachung erfüllt. King sprach von »dem bedeutendsten Sieg der Gerechtigkeit, den wir im tiefen Süden je erlebt haben« ...

Martin Luther King in Birmingham nach seiner Entlassung aus dem Gefängnis. Links hinter ihm: Ralph Abernathy.

Die Rache der weißen Rassisten

Wie immer nach solchen Erfolgen der Bürgerrechtsbewegung machte sich die Wut der weißen Rassisten in besonders gemeinen Racheakten Luft.

Am 12. Mai wurde ein Bombenanschlag auf ein Motel verübt, in dem Führer der Bürgerrechtsbewegung wohnten.

Am 12. Juni wurde Medgar Evers, 37 Jahre alt, Field Secretary der gemäßigten Neger-Organisation NAACP, vor seinem Haus in Jackson, Mississippi, niedergeschossen. Er starb eine Stunde nach dem Anschlag. Medgar war ein enger Freund Kings gewesen.

Coretta schreibt in ihren Lebenserinnerungen: »Ich mußte unwillkürlich daran denken, daß es ebensogut hätte Martin treffen können.« Die Familie King vergaß die Gefahr und die Diskriminierung, der sie gerade durch die Popularität Martin Luthers ausgesetzt war, nie.

Das dritte Kind der Kings war im Januar 1962 zur Welt gekommen. Coretta und Martin Luther hatten es zur Erinnerung an Kings erste Gemeinde Dexter getauft. Der ältere Sohn, Marty, ging nun schon zur Schule, in eine integrierte Schule. Aber als ihn seine Mutter einmal auf dem Sportplatz abholen kam und sie zusammen im Auto saßen, sagte er zu Coretta: »Mami, siehst du die großen weißen Jungen dort drüben? Sie haben mich gefragt, wie mein Vater heißt, und Mami, weißt du was, ich habe ihnen gesagt, ich hätte es vergessen.«

Coretta fährt fort: »Mir schnürte es das Herz zusammen. Ich sagte freundlich: ›Aber Marty, du weißt doch, wie dein Vater heißt. Warum hast du so etwas gesagt?‹

Marty ließ den Kopf hängen. ›Ja, Mami, weißt du, ich hatte einfach Angst, sie würden mich verhauen.‹

In diesem Augenblick kam mir schmerzlich zu Bewußtsein, daß es für unseren kleinen Sohn manchmal schrecklich sein muß, zu wissen, daß man ihm feindselig begegnen wird, wenn er sagt, wer er ist. Ich betete inbrünstig, er möge dadurch keinen Schaden leiden.«

Der Marsch auf Washington

Präsident Kennedy hatte um diese Zeit im Kongreß eine neue Gesetzesvorlage über die Bürgerrechte eingebracht. Aber die Verabschiedung durch die beiden Häuser der Legislative, dem Repräsentantenhaus und dem Senat, ließ auf sich warten.

Die Bürgerrechtsbewegung versuchte ihrerseits durch Demonstrationen auf die Wichtigkeit des neuen Gesetzeswerkes aufmerksam zu machen. King reist wieder landauf, landab. Bei einer Versammlung in Los Angeles sprach er vor 25 000 Zuhörern. 200 000 Menschen nahmen an einem Marsch teil, den er zusammen mit dem Gewerkschaftsführer Walter Reuther in Detroit anführte.

Dann schlug auf einer Konferenz aller Bürgerrechtsorganisationen der schwarze Gewerkschaftler Randolph vor, mit einem Marsch auf Washington für Arbeit und Freiheit zu demonstrieren.

Trotz unerträglicher Hitze war der Marsch zum Lincoln Memorial Monument eine eindrucksvolle Demonstration.

Als Datum wurde der 28. August 1963 festgesetzt. Die eigentliche Veranstaltung sollte in dem Parkgürtel unterhalb des Kapitols, in der sogenannten Mall, stattfinden. Es war ein Marsch vom Washington-Denkmal zum Lincoln Memorial Monument geplant.

Diese Demonstration wurde zum Höhepunkt der Bürgerrechtsbewegung überhaupt. 250 000 Menschen beteiligten sich an ihr. Martin Luther King selbst hob besonders die Teilnahme der weißen Kirchenorganisationen hervor. Hingegen war der größte Gewerkschaftsverband der USA, die AFL-CIO, nicht vertreten.

Es gab auch radikale Schwarze, wie beispielsweise den Negerführer Malcolm X, die den Marsch als »Farce« und »Ausverkauf« kritisierten. Malcolm X konnte darauf verweisen, daß man dem Vertreter der Studentenorganisation SNCC, John Lewis, nahe-

Zentralfiguren der Demonstration in Washington: Martin Luther King (linke Seite oben) und Robert Kennedy (unten).

gelegt hatte, seine Rede, in der er auch die Kennedy-Regierung hatte kritisieren wollen, zu entschärfen.

Wichtig war vor allem, daß Fernsehen, Rundfunk und Zeitungen über die wirklich gewaltige Kundgebung in der Hauptstadt der Nation ausführlich berichteten. Höhepunkt der Veranstaltung war kurz nach 15 Uhr die Rede Martin Luther Kings, den Philip Randolph den Massen als »den moralischen Führer der Nation« vorstellte.

Kings Rede ist ein rhetorisches und massenpsychologisches Meisterwerk. Sie wird gewiß einmal zu den großen Texten der amerikanischen Geschichte zählen. King hatte tagelang an der Ansprache gefeilt. Es hatte ihm große Schwierigkeiten bereitet, seine Gedanken auf die ihm zunächst zugestandene Redezeit von 8 Minuten zusammenzudrängen.

Am Tag der Veranstaltung hielt er sich zunächst an den aufgesetzten Text. Während der ersten Sätze hatte seine Stimme noch eine gewisse Heiserkeit, die aber dann rasch wich. Als er zu dem rhythmisierten Schlußteil kam, fielen die Zuhörer, so wie das bei einem schwarzen Gottesdienst üblich ist, mit bestärkenden und anfeuernden Zurufen ein. King verließ darauf sein Konzept und überließ sich ganz und gar der Eingebung des Augenblicks.

Coretta King gibt den Eindruck vieler Teilnehmer wieder, wenn sie schreibt: »An diesem Tag war uns allen, als kämen seine Worte von einem höheren Ort, als spreche durch ihn etwas Größeres zu den beladenen Menschen vor ihm. Der Himmel selbst tat sich auf, und wir waren wie verwandelt.«

Martin Luther King: Ich habe einen Traum

Ich freue mich, heute mit euch zusammen an einem Ereignis teilzunehmen, das als die größte Demonstration für die Freiheit in die Geschichte unserer Nation eingehen wird. Vor hundert Jahren unterzeichnete ein großer Amerikaner, in dessen symbolischem Schatten wir heute stehen, die Emanzipationsproklamation. Dieser bedeutsame Erlaß war ein großes Leuchtfeuer der Hoffnung für Millionen von Negersklaven, die von den Flammen vernichtender Ungerechtigkeit gebrandmarkt waren. Er kam wie ein freudiger Tagesanbruch nach der langen Nacht ihrer Gefangenschaft. Aber hundert Jahre später ist der Neger immer noch nicht frei. Hundert Jahre später ist das Leben des Negers immer noch verkrüppelt durch die Fesseln der Rassentrennung und die Ketten der Diskriminierung. Hundert Jahre später lebt der Neger auf einer einsamen Insel der Armut inmitten eines riesigen Ozeans materiellen Reichtums. Hundert Jahre später schmachtet der Neger immer noch am Rande der amerikanischen Gesellschaft und befindet sich im eigenen Land im Exil. Deshalb sind wir heute hierhergekommen, um eine schändliche Situation zu dramatisieren. In gewissem Sinne sind wir in die Hauptstadt unseres Landes gekommen, um einen Scheck einzulösen. Als die Architekten unserer Republik die großartigen Worte der Verfassung und der Unabhängigkeitserklärung schrieben, unterzeichneten sie einen Schuldschein, zu dessen Einlösung alle Amerikaner berechtigt sein sollten. Dieser Schein enthielt das Versprechen, daß allen Menschen – ja, schwarzen Menschen ebenso wie weißen – die unveräußerlichen Rechte auf Leben, Freiheit und den Anspruch auf Glück garantiert würden. Es ist heute offenbar, daß Amerika seinen Verbindlichkeiten nicht nachgekommen ist, soweit es die schwarzen Bürger betrifft. Statt seine heiligen Verpflichtungen zu erfüllen, hat Amerika den Negern einen Scheck gegeben, der mit dem Vermerk zurückgekommen ist: »Keine Deckung vorhanden«. Aber wir weigern uns zu glauben, daß die Bank der Gerechtigkeit bankrott ist. Wir weigern uns zu glauben, daß es nicht genügend Gelder in den großen Stahlkammern der Gelegenheiten in diesem Land gibt.

So sind wir gekommen, diesen Scheck einzulösen, einen Scheck, der uns auf Verlangen die Reichtümer der Freiheit und die Sicherheit der Gerechtigkeit geben wird. Wir sind auch zu dieser würdigen Stätte gekommen, um Amerika an die grimmige Notwendigkeit des Jetzt zu erinnern. Jetzt ist nicht die Zeit, wo man sich den Luxus einer »Abkühlungsperiode« leisten oder die Beruhigungsmittel langsamen, schrittweisen Fortschritts einnehmen kann. Jetzt ist es Zeit, die Versprechungen der Demokratie Wirklichkeit werden zu lassen. Jetzt ist es Zeit, aus dem dunklen und trostlosen Tal der Rassentrennung aufzubrechen und den hellen Weg der Gerechtigkeit für alle Rassen zu beschreiten. Jetzt ist es Zeit, unsere Nation aus dem Flugsand rassischer Ungerechtigkeit zu dem festen Felsen der Brüderlichkeit emporzuheben. Jetzt ist es Zeit, Gerechtigkeit für alle Kinder Gottes Wirklichkeit werden zu lassen. Es wäre verhängnisvoll für diese Nation, wenn sie nicht die Dringlichkeit der gegenwärtigen Lage wahrnehmen würde. Dieser heiße Sommer der berechtigten Unzufriedenheit des Negers wird nicht zu Ende gehen, solange nicht ein belebender Herbst der Freiheit und Gerechtigkeit begonnen hat. 1963 ist kein Ende, sondern ein Anfang. Wer hofft, der Neger werde jetzt zufrieden sein, nachdem er Dampf abgelassen hat, wird ein böses Erwachen haben, wenn die Nation wieder weitermacht wie vorher. Es wird weder Ruhe noch Rast in Amerika geben, bis dem Neger die vollen Bürgerrechte zugebilligt werden. Die Stürme des Aufruhrs werden weiterhin die Grundfesten unserer Nation erschüttern, bis der helle Tag der Gerechtigkeit anbricht. Und das muß ich meinem Volk sagen, das an der abgenutzten Schwelle der Tür steht, die in den Palast der Gerechtigkeit führt: Während wir versuchen, unseren rechtmäßigen Platz zu gewinnen, dürfen wir uns keiner ungerechten Handlung schuldig machen. Laßt uns nicht aus dem Kelch der Bitterkeit und des Hasses trinken, um unseren Durst nach Freiheit zu stillen.

Wir müssen unseren Kampf stets auf der hohen Ebene der Würde und Disziplin führen. Wir dürfen unseren schöpferischen

Protest nicht zu physischer Gewalt herabsinken lassen. Immer wieder müssen wir uns zu jener majestätischen Höhe erheben, auf der wir physischer Gewalt mit der Kraft der Seele entgegentreten. Der wunderbare, neue kämpferische Geist, der die Gemeinschaft der Neger erfaßt, darf uns nicht verleiten, allen Weißen zu mißtrauen. Denn viele unserer weißen Brüder (...) – sind zu der Einsicht gekommen, daß ihre Zukunft mit der unseren untrennbar verbunden ist. Sie sind zu der Einsicht gekommen, daß ihre Freiheit von unserer Freiheit nicht zu lösen ist. Wir können nicht allein marschieren. Und wenn wir marschieren, müssen wir uns verpflichten, stets weiterzumarschieren. Wir können nicht umkehren.

Es gibt Leute, die fragen diejenigen, die sich der Sache der Bürgerrechte verpflichtet fühlen: »Wann werdet ihr endlich zufriedengestellt sein?« Wir können niemals zufriedengestellt sein, solange der Neger das Opfer der unaussprechlichen Schrecken polizeilicher Brutalität ist. Wir können nicht zufriedengestellt sein, solange unsere müden Leiber nach langer Reise in den Motels an den Landstraßen und den Hotels der großen Städte keine Unterkunft finden. Wir können nicht zufriedengestellt sein, solange die Bewegungsfreiheit der Neger in erster Linie darin besteht, von einem kleinen Getto in ein größeres zu geraten. Wir können nicht zufriedengestellt sein, solange noch unsere Kinder ihrer Freiheit und Würde beraubt werden durch Zeichen, auf denen es heißt: »Nur für Weiße«. Wir können nicht zufriedengestellt sein, solange der Neger in Mississippi nicht das Stimmrecht hat und der Neger in New York niemand hat, den er wirklich wählen möchte. Nein, wir sind nicht zufriedengestellt, und wir werden nicht zufriedengestellt sein, bis das Recht strömt wie Wasser und die Gerechtigkeit wie ein mächtiger Strom.

Ich weiß wohl, daß manche unter euch hierhergekommen sind aus großer Bedrängnis und Trübsal. Einige von euch sind direkt aus engen Gefängniszellen gekommen. Einige von euch sind aus Gegenden gekommen, wo ihr aufgrund eures Verlangens nach Freiheit mitgenommen und erschüttert wurdet von den Stürmen der Verfolgung und polizeilicher Brutalität.

Ihr seid die Veteranen schöpferischen Leidens. Macht weiter und vertraut darauf, daß unverdientes Leiden erlösende Qualität hat. Geht zurück nach Mississippi, geht zurück nach Georgia, geht zurück nach Louisiana, geht zurück in die Slums und Gettos der Großstädte im Norden in dem Wissen, daß die jetzige Situation geändert werden kann und wird. Laßt uns nicht Gefallen finden am Tal der Verzweiflung. Heute sage ich euch, meine Freunde, trotz der Schwierigkeiten von heute und morgen habe ich einen Traum. Es ist ein Traum, der tief verwurzelt ist im amerikanischen Traum. Ich habe einen Traum, daß eines Tages diese Nation sich erheben wird und der wahren Bedeutung ihres Credos gemäß leben wird: »Wir halten diese Wahrheit für selbstverständlich: daß alle Menschen gleich erschaffen sind.« Ich habe einen Traum, daß eines Tages auf den roten Hügeln von Georgia die Söhne früherer Sklaven und die Söhne früherer Sklavenhalter miteinander am Tisch der Brüderlichkeit sitzen können. Ich habe einen Traum, daß sich eines Tages selbst der Staat Mississippi, ein Staat, der in der Hitze der Ungerechtigkeit und Unterdrückung verschmachtet, in eine Oase der Freiheit und Gerechtigkeit verwandelt.

Ich habe einen Traum, daß meine vier kleinen Kinder eines Tages in einer Nation leben werden, in der man sie nicht nach ihrer Hautfarbe, sondern nach ihrem Charakter beurteilen wird. Ich habe einen Traum . . . Ich habe einen Traum, daß eines Tages in Alabama, mit seinen bösartigen Rassisten, mit einem Gouverneur, von dessen Lippen Worte wie »Intervention« und »Annullierung der Rassenintegration« triefen . . ., daß eines Tages genau dort in Alabama kleine schwarze Jungen und Mädchen die Hände schütteln mit kleinen weißen Jungen und Mädchen als Brüder und Schwestern. Ich habe heute einen Traum . . . Ich habe einen Traum, daß eines Tages jedes Tal erhöht und jeder Hügel und Berg erniedrigt wird. Die rauhen Orte werden geglättet und die unebenen Orte begradigt werden.

Und die Herrlichkeit des Herrn wird offenbar werden, und alles Fleisch wird es sehen. Das ist unsere Hoffnung. Mit diesem Glauben kehre ich in den Süden zurück. Mit diesem Glauben werde ich fähig sein, aus dem Berg der Verzweiflung einen Stein der Hoffnung zu hauen. Mit diesem Glauben werden wir fähig sein, die schrillen Mißklänge in unserer Nation in eine wunderbare Symphonie der Brüderlichkeit zu verwandeln. Mit diesem Glauben werden wir fähig sein, zusammen zu arbeiten, zusammen zu beten, zusammen zu kämpfen, zusammen ins Gefängnis zu gehen, zusammen für die Freiheit aufzustehen, in dem Wissen, daß wir eines Tages frei sein werden. Das wird der Tag sein, an dem alle Kinder Gottes diesem Lied eine neue Bedeutung geben können: »Mein Land, von dir, du Land der Freiheit, singe ich. Land, wo meine Väter starben, Stolz der Pilger, von allen Bergen laßt die Freiheit erschallen.« Soll Amerika eine große Nation werden, dann muß dies wahr werden. So laßt die Freiheit erschallen von den gewaltigen Gipfeln New Hampshires. Laßt die Freiheit erschallen von den mächtigen Bergen New Yorks, laßt die Freiheit erschallen von den schneebedeckten Rocky Mountains in Colorado. Laßt die Freiheit erschallen von den geschwungenen Hängen Kaliforniens.

Aber nicht nur das, laßt die Freiheit erschallen von Georgias Stone Mountain. Laßt die Freiheit erschallen von Tennessees Lookout Mountain. Laßt die Freiheit erschallen von jedem Hügel und Maulwurfshügel Mississippis, von jeder Erhebung. Laßt die Freiheit erschallen!

Wenn wir die Freiheit erschallen lassen – wenn wir sie erschallen lassen von jeder Stadt und jedem Weiler, von jedem Staat und jeder Großstadt, dann werden wir den Tag beschleunigen können, an dem alle Kinder Gottes – schwarze und weiße Menschen, Juden und Heiden, Protestanten und Katholiken – sich die Hände reichen und die Worte des alten Negro Spiritual singen können: »Endlich frei! Endlich frei! Großer allmächtiger Gott, wir sind endlich frei!«

»Sie starben nicht umsonst!«

Leider trat nach dem großen moralischen Erfolg des »Marsches auf Washington« wieder jener schlimme Mechanismus in Kraft, der seither die Bezeichnung ›*white backlash*‹ (das Zurückschlagen der weißen Fanatiker) erhalten hat.

Am 15. September 1963 bombardierten weiße Rassisten eine baptistische Negerkirche in Birmingham. Vier Kinder, die den Kindergottesdienst besucht hatten, fanden dabei den Tod.

Dieses Ereignis ließ viele Schwarze an der Gewaltlosigkeit irre werden. Der schwarze Schriftsteller John O. Killen sagte am Grab der Kinder: »Als Taktik war die Gewaltlosigkeit erfolgreich, aber als grundsätzliche Anschauung müssen wir sie loswerden.«

Ja, es fiel jetzt sogar der Satz: »Die Neger müssen darauf gefaßt sein, sich mit Schußwaffen zu verteidigen.«

Christopher Mac Nair, der Vater eines der Kinder, die umgekommen waren, aber erklärte: »Ich bin nicht dafür. Was hätte Denis mit einem Maschinengewehr in der Hand ausrichten können.«

Martin Luther King, der auch auf der Beerdigung sprach, sagte: »Sie starben nicht umsonst. Gott versteht es, selbst dem Bösen Gutes abzugewinnen. Die Geschichte hat es immer wieder bewiesen, daß unverdientes Leid erlösend ist.«

Aber da waren die jungen Leute vom SNCC, die in den zurückliegenden Jahren wahrscheinlich die Hauptlast der Aktionen getragen hatten. Begonnen hatten sie bei den ›*Freedom Riders*‹ und den Sit-ins als überzeugte Anhänger der Gewaltlosigkeit. Aber nun hatte fast jeder von ihnen seine realen politischen Erfahrungen in ländlichen Gegenden des Südens gemacht.

Sie hatten mit angesehen, wie Freunde und Kameraden getötet, wie Häuser und Kirchen von Rassisten verbrannt und ausgebombt worden waren. Sie selbst trugen zuweilen noch die Narben von Wunden, die ihnen Gummiknüppel, Gewehrkolben und die Zähne von Polizeihunden beigebracht hatten.

Sie hatten erlebt, wie beispielsweise Polizisten eine Frau bewußtlos geprügelt und dazu gerufen hatten: »Nigger, du wolltest doch deine Freiheit. Nun, hier ist sie.« Sie hatten nicht vergessen, wie William Moore, ehemaliger Postbote, ein harmloser Idealist, zu einem Ein-Mann-Freiheitsmarsch aufgebrochen, auf einer Landstraße in Alabama aus dem Hinterhalt erschossen worden war:

DONNERSTAG
Donnerstag hielt der Sheriff ihn an,
sagte ›Du bist doch weiß!‹
Sagte ›Was gehn die Nigger dich an?
Junge, bedenke den Preis!‹
BLACK AND WHITE, UNITE! UNITE!

FREITAG
Freitag lief ihm ein Hund hinterher,
wurde sein bester Freund.
Abends schon trafen Steine sie schwer –
sie gingen weiter zu zweit.
BLACK AND WHITE, UNITE! UNITE!

SONNA'MT
Sonna'mt, ein Tag, war furchtbar heiß,
kam eine weiße Frau,
gab ihm ein'n Drink, und heimlich sprach sie:
›Ich denk wie Sie ganz genau.‹
BLACK AND WHITE, UNITE! UNITE!

LAST DAY
Sonntag, ein blauer Sommertag,
lag er im grünen Gras –
blühten drei rote Nelken blutrot
auf seiner Stirne, so blaß.
BLACK AND WHITE, UNITE! UNITE!
steht auf seinem Schild.
White and black – die Schranken weg!
Und er starb ganz allein.
Und er bleibt nicht allein.*

* Aus: Wolf Biermann, ›*Die Ballade von dem Briefträger William L. Moore aus Baltimore*‹

All diese Erlebnisse hatten dazu geführt, daß die junge Generation der Bürgerrechtskämpfer an der Macht der Liebe, dem Sinn des Erleidens und der Wirksamkeit der Gewaltlosigkeit zu zweifeln begannen. Ihnen hielt Martin Luther King entgegen, man müsse Geduld haben, mehr Geduld, als junge Leute gewöhnlich aufzubringen bereit sind.

Bezeichnend für das, was die jungen Bürgerrechtler empfanden, ist ein Zitat aus der Autobiographie der jungen schwarzen Amerikanerin Anne Moody, ›*Erwachen in Mississippi*‹. Nachdem sie von der Ermordung der vier Kinder gehört hat, schreibt sie: »Mit der Gewaltlosigkeit ist es aus. Ich glaube, daß auch Martin Luther King mit dir (gemeint ist Gott) spricht. Sag ihm, daß die Gewaltlosigkeit ausgedient hat ... Ich bin fertig mit dir. Wenn Martin Luther King wirklich glaubt, daß mit Gewaltlosigkeit für den Süden erreicht wird, was für Indien erreicht worden ist, dann ist er nicht bei Verstand.«

Hatte die Lehre von Martin Luther King, sein unermüdliches Beharren auf dem Prinzip der Gewaltlosigkeit überhaupt noch eine reale Chance? War Gewaltlosigkeit unter solchen Umständen nicht eine weltfremde Utopie?

Der Prediger des Friedens zwischen Schwarz und Weiß

Die Ermordung des Präsidenten John F. Kennedy am 22. November 1963 bedeutete für die gewaltlose Bürgerrechtsbewegung einen schweren Rückschlag. Das Ereignis kam einem Triumph der Gewalt gleich, und ohne die tatkräftige Unterstützung eines von den Idealen der Bürgerrechtsbewegung überzeugten Präsidenten in Washington und einer ähnlich gesinnten Bundesregierung hatte die Bewegung nicht länger jene offizielle Rückendeckung, die sich bei Konfliktfällen in der Vergangenheit wiederholt bewährt hatte.

So hatte bei der Immatrikulierung des schwarzen Studenten James Meredith an der bis dahin »rein weißen« Staatsuniversität, die weiße Rassisten zu verhindern suchten, Ende 1962 der damalige Justizminister Robert F. Kennedy 25 000 Soldaten eingesetzt.

Coretta King erzählt in ihren Lebenserinnerungen, seit der Nachricht, daß ihr Mann in Harlem verletzt worden sei, habe sie nichts mehr so getroffen wie der Tod Kennedys.

Yoki King, die älteste Tochter der Familie, kam nachmittags aus der Schule heim, stürmte die Treppe herauf und rief: »Mami, sie haben Präsident Kennedy umgebracht, und er hat doch niemandem das Geringste getan. Oh, Mami, wir werden jetzt nie unsere Freiheit erlangen.«

In dem gefühlsbetonten Ausruf des Kindes spiegelt sich, was viele Neger damals dachten und fühlten.

Der Friedensnobelpreis

Der Schlag, den die Politik der Gewaltlosigkeit durch diesen Mord versetzt bekommen hatte, wurde ein knappes Jahr später durch ein

Martin Luther King auf Reisen: 1964 Audienz bei Papst Paul VI.

1964 mit Bischof Dibelius und Willy Brandt (Mitte und rechts) in Berlin.

anderes Ereignis ausgeglichen. Im Oktober 1964 – King war eben von einer Reise nach Deutschland zurückgekehrt und befand sich zu einer Untersuchung im St. Josefs-Krankenhaus in Atlanta – wurde bekannt, daß ihm der Friedensnobelpreis für das Jahr 1964 zugesprochen worden war. Die Preissumme betrug in diesem Jahr 54 000 Dollar. Martin Luther King teilte sie später als Spende unter die wichtigsten Bürgerrechtsorganisationen der Neger auf.

Zusammen mit seinem Vater, seiner Frau, seinem Bruder Alfred Daniel King, seiner Schwester Christine Farris und einer Gruppe seiner engsten Mitarbeiter, darunter auch Reverend Ralph Abernathy und dessen Frau Juanita, flog King von Atlanta über New York und London nach Oslo, um dort am 10. Dezember in der Aula der Universität den Preis in Empfang zu nehmen.

Coretta King hatte ursprünglich vorgehabt, auch die beiden älteren Kinder Yolanda (Yoki) und Marty, die nun neun und sieben

Martin Luther King und seine Frau Coretta bei ihrer Ankunft in Oslo.

Jahre alt waren, mitzunehmen. Die jüngste Tochter, Bernice Albertine, genannt Bunny, war am 28. März 1963, also während der Demonstrationen in Birmingham, zur Welt gekommen.

Coretta fand, sie sollten nicht nur immer erleben, wie ihr Vater geschmäht wurde, sondern auch daran teilhaben, wenn man ihn ehrte. Aber das Nobel-Komitee sprach sich dagegen aus, Kinder unter zwölf Jahren an der Zeremonie teilnehmen zu lassen.

Bei seinem Zwischenaufenthalt in London hielt King eine eindrucksvolle Predigt in der St.-Pauls-Kathedrale in London. Er sprach zum Thema ›*Die drei Dimensionen des vollkommenen Lebens*‹. Der Text, den er dabei auslegte, stammte aus der Offenbarung des Johannes 21, 16. Dort schildert der Evangelist seine Version vom neuen heiligen Jerusalem. Die Stadt wird zum Symbol des Glücks, das der Mensch schon auf Erden herstellen kann. Folglich stellte King in seiner Predigt jene Eigenschaften dar, die seiner Meinung nach für eine auf Erden noch unerreichte, menschenwürdige Gesellschaft notwendig sind.

Er rief auf zur Entwicklung der inneren, der geistigen Kräfte des Menschen. Er wies auf den Zusammenhang zwischen dem Materialismus und der sozialen Ungerechtigkeit und dem Kolonialismus hin. Er forderte zur Anteilnahme am Schicksal der Mitmenschen auf und sagte, man müsse »die Einheit der gesamten Menschheit anerkennen und an die Notwendigkeit tätiger, brüderlicher Nächstenliebe glauben«. Er bezeichnete im Sinn der Bibelstelle, in der von der Länge, der Breite und der Höhe der neuen Stadt Jerusalem die Rede ist, das »Streben nach dem, was größer ist als der Mensch«, verkörpert für ihn in Christus als fleischgewordenes Wort Gottes, als dritte Dimension: »Liebe dich selbst, sofern das gesunden Selbsterhaltungstrieb bedeutet . . . das ist die Länge des Lebens. Liebe deinen Nächsten wie dich selbst . . . das ist die Breite des Lebens. Aber vergiß nie, daß es noch ein größeres Gebot gibt: Du sollst Gott, deinen Herrn, von ganzem Herzen, von ganzer Seele und mit ganzem Bewußtsein lieben. Das ist die Höhe des Lebens.«

Die Tatsache, daß ein Neger den Friedensnobelpreis erhielt, war damals noch alles andere als eine Selbstverständlichkeit. Es war nicht nur eine Geste gegenüber der Idee der Gewaltlosigkeit. Es war auch als ein demonstrativer Akt zur Anerkennung der geistigen Gleichheit der Schwarzen, ja, überhaupt der Menschen aller Hautfarben zu verstehen, die von vielen damals immer noch angezweifelt wurde.

In seiner Nobelpreis-Rede betonte King abermals sein absolutes Vertrauen in das Prinzip der Gewaltlosigkeit als Möglichkeit, um die entscheidenden politischen Konflikte dieser Zeit zu lösen. Wörtlich sagte er: »Ich weigere mich zu glauben, der Mensch sei lediglich Treibgut im Strom des Lebens.

Ich weigere mich zu glauben, der Mensch sei so tragisch der sternlosen Finsternis des Rassismus und des Krieges verhaftet, daß das strahlende Tageslicht von Frieden und Bürgerlichkeit nie Wirklichkeit werden könne.«

Drei Leben für Mississippi

Dieses Glaubensbekenntnis wurde aber einer schweren Belastung ausgesetzt, als er auf dem Rückflug während eines kurzen Aufenthalts in Paris erfuhr, unter welchen Umständen die seit längerem vermißten drei jungen Bürgerrechtskämpfer James Chaney, Andrew Goodman und Michael Schwerner ermordet worden waren. Anfang Januar 1964 war Mickey Schwerner, 24 Jahre, Sozialarbeiter, zusammen mit seiner Frau, Rita, 22 Jahre, in den Süden gefahren. Nach den Rassenunruhen des Jahres 1963 war Schwerner zu der Überzeugung gekommen, er müsse etwas, nein, er müsse mehr für die Bürgerrechtsbewegung tun. Als Sohn aus einer jüdischen Familie, in der Verwandte im Nazi-Deutschland umgekommen waren, hatte er eine besondere Beziehung zum Rassenkonflikt.

Mickey und Rita wurden in einer ländlichen Gegend des Staates Alabama, in Meridian, in der Bürgerrechtsbewegung tätig. Sie bauten dort ein Gemeindezentrum auf, von dem aus die Eintragung der Neger in die Wahllisten betrieben werden sollte. Von Anfang an zogen sie mit dieser Tätigkeit die Aufmerksamkeit des Ku-Klux-Klan auf sich. In ihrem Büro in Meredith erhielten sie ständig anonyme Telefonanrufe und Drohbriefe. Hier lernten sie aber auch den 21jährigen Neger James Chaney kennen, einen arbeitslosen Jugendlichen, der ihnen bei der Wahlregistrierung half. Später stieß noch der 20jährige Andrew Goodman zu ihnen. Wie Schwerner stammte er aus einer jüdischen Familie und studierte am selben College wie Rita Schwerner. Gerade weil seine Eltern wohlhabend waren, hatte sich Andy aufgerufen gefühlt, für Menschen, die auch das Opfer rassistischer Vorurteile geworden waren, etwas zu tun.

Jeder Jugendliche, der zum Einsatz nach Mississippi ging, mußte 150 Dollar mitbringen und weitere 500 Dollar zur Verfügung haben, um bei eventuellen Zwischenfällen und Verhaftungen eine Kaution stellen zu können. Goodmans Vater hatte sich bereit erklärt, seinem Sohn dieses Geld zu geben, aber Andy hatte darauf bestanden, es sich selbst zu verdienen.

Am Sonntag, dem 21. Juni 1964, waren die drei Jungen, Schwerner, Chaney und Goodman, mit einem Ford 63 unterwegs, um bei einem Gottesdienst in einer Kirche in Longdale, die wegen der Sympathien der Gemeindemitglieder für die Bürgerrechtsbewegung von Rassisten niedergebrannt worden war, Flugblätter zu verteilen, in denen die Neger zur Wahlregistrierung aufgerufen wurden. Um 14.30 Uhr an diesem Tag verließen die drei jungen Männer das Haus einer schwarzen Familie in Longdale, die sie zum Essen eingeladen hatte.

Auf der Highway 16, als sie in Richtung Philadelphia fahren, um von Longdale nach Meridian zu gelangen, werden sie mit ihrem Wagen von Deputy Sheriff Cecil Price gestoppt. Angeblich haben sie die Geschwindigkeitsbegrenzung nicht beachtet. In Wirklichkeit handelt es sich um ein abgekartetes Spiel. Einer der Autobahnpolizisten fährt den Ford nach Philadelphia. Schwerner, Chaney und Goodman müssen in den Wagen von Price steigen. Der Hilfssheriff will sie angeblich wegen der Brandstiftung in der Mount Methodist Church in Longdale verhören.

Im Gefängnis des Neshoba County in Philadelphia werden die drei Verhafteten dem Gefängniswärter Mr. Herring übergeben. Mrs. Herring hat – wie später ermittelt wird – zahlreiche Freunde und Verwandte, die dem Klan angehören.

Schwerner und Goodman werden zu anderen weißen Gefangenen in eine Zelle gesperrt. Chaney kommt in eine Zelle im hinteren

Einen Monat vor dem dreifachen Mord in der Stadt Meredith, Alabama: Präsident Johnson unterzeichnet das Bürgerrechtsgesetz, das die Gleichberechtigung der farbigen Bevölkerung in den USA garantieren soll.

Teil des Gefängnisgebäudes, in dem sich auch noch andere schwarze Gefangene befinden.

Die drei Bürgerrechtskämpfer sind ruhig. Sie wissen, wenn sie bis 16.30 Uhr nicht im Gemeindezentrum von Meridian zurück sind, wird Sue Brown, die dort »Stallwache« hält, die gesamte Bürgerrechtsbewegung des Staates Mississippi alarmieren.

Was die drei Freunde nicht wissen, ist dieses: Als die Mitarbeiter der Bürgerrechtsbewegung und Sue die Gefängnisse in Meridian und in den umliegenden Counties und die Polizeistationen anrufen, gibt man ihnen dort zur Antwort, man wisse weder etwas von einem Unfall noch von einer Verhaftung der drei jungen Leute. Selbst die Zentralen der Autobahnpolizei heucheln Unwissenheit. Dadurch werden die Schutzmaßnahmen, die die Bürgerrechtsbewegung beim FBI, dem Justizministerium oder anderen Bundesbehörden hätte einleiten können, blockiert.

Unterdessen versammeln sich zehn Meilen außerhalb von Philadelphia, an der sogenannten Rock Cut Road in Richtung Meridian, die Mörder.

Im Laufe des Abends telefoniert Hilfssheriff Price mit dem Friedensrichter Leonard Warren. Warren weist ihn an, von den drei jungen Männern eine Buße von 20 Dollar zu kassieren und sie dann wieder auf freien Fuß zu setzen.

Gegen 22 Uhr werden Mickey, James und Andy aus dem Gefängnis entlassen.

Sie gehen zu ihrem Wagen, steigen ein und fahren auf dem Highway 19 in Richtung Meridian davon.

Was dann geschah – darüber gibt es nur Vermutungen. Price gibt zu, in seinem Wagen dem Ford der drei Bürgerrechtskämpfer bis zur Ortsgrenze von Philadelphia gefolgt zu sein.

Entweder hat er sie dann unter dem Vorwand eines abermaligen Verkehrsdelikts festgenommen, oder er hat ihnen vorgespiegelt, er wolle sie schützen. So oder so, er scheint mit ihnen bis zu der Stelle gefahren zu sein, an der die Anhänger des Klans sie erwarteten. Es war eine einsame Gegend. Da sie die örtliche Polizei auf ihrer Seite wußten, konnten sich die Männer, die da folterten und schließlich mordeten, Zeit lassen und später auch die Spuren in aller Ruhe sorgfältig verwischen.

Was sich dann abspielte, schildert der amerikanische Publizist William Bradford Huie, der den Fall auf eigene Faust recherchierte und mit dazu beitrug, daß es überhaupt später zu einem Gerichtsverfahren gegen die Mörder kam, so: »Die Frösche klingeln in den Bayous, und manchmal hört man das Geheul eines Kojoten. Jetzt ist es um Mitternacht, und der Mond steht hoch am Himmel. Chaney ist an einen Baumstamm gefesselt und wird mit Ketten geschlagen. Seine Gelenke knacken, und er stößt schrille Schreie aus. Aber die Schreie verstummen bald. Was bleibt, ist das Geräusch der Ketten und das Krachen der Rippen und Knochen.

Andrew Goodman und Michael Schwerner sehen voller Schrecken zu. ›Ihr gottverdammten Niggerfreunde!‹ schreit ein Mann aus dem Mob sie an. ›Was denkt ihr jetzt?‹

Nur Gott weiß, was Andrew und Michael Schwerner denken. Martin Luther Kings Lehre von der Gewaltlosigkeit ist für sie ein selbstverständlicher Bestandteil ihres Bewußtseins. Aber all dies ist plötzlich fern und fremd.

Schwerner reißt sich von den Männern los, die ihn halten. Er stürzt auf den Baum zu, um Chaney zu helfen. Er macht keine zehn Schritte, und sie haben ihn wieder eingefangen und zu Boden geworfen.

Jetzt versucht sich Goodman zu befreien und zu dem mißhandelten Schwerner zu laufen. Auch er wird sofort wieder niedergeschlagen.

Die drei jungen Männer werden in einen Wagen geworfen, und eine Karawane von fünf Autos setzt sich zu der vorbestimmten Stelle in Bewegung, an der man sie verscharren wird. Selbst die Mörder sind nicht sicher, ob Chaney tot ist, als sie ihn vom Baum losmachen. Etwa fünf Meilen von der Stelle entfernt, an der die Leichen versteckt werden sollen, halten sie deshalb noch einmal an und geben drei Schüsse auf ihn ab, je ein Geschoß trifft Goodman und Schwerner.« Eine Belohnung von 25 000 Dollar wurde für Informationen über den Verbleib von Schwerner, Chaney und Goodman ausgesetzt, nachdem 100 Angehörige der US-Marine vergeblich das Sumpfland der Bayous nach den Verschollenen durchkämmt hatten.

Das viele Geld löste einem Mann die Zunge. Unter einem Erddamm, nahe der Burrage Farm, zwei Meilen vom Highway 21 entfernt, fand man schließlich die Ermordeten.

Ein angesehener weißer Bürger erklärte, als die Nachricht von dem Leichenfund bekannt geworden war, gegenüber einem Reporter der Zeitschrift ›*Ramparts*‹:

»Ich hätte nie gedacht, daß es Menschen bei uns gibt, die so etwas tun.«

Ein anderer Weißer aus Mississippi aber sagte zu einem FBI-Agenten: »Es ist mir unerklärlich, wie jemand gegen unseren Kodex verstoßen und Ihnen diese Informationen geben konnte. Kein ehrenwerter Weißer aus dieser Stadt kann Ihnen gesagt haben, was da geschehen ist.«

Ein Foto ging um die Welt, ein Dokument der Barbarei im

7. Jahrzehnt des 20. Jahrhunderts, das freilich nicht arm an barbarischen Taten ist. Das Bild zeigt Deputy Sheriff Cecil Price und Sheriff Lawrence Rainey im Gerichtssaal bei der Verhandlung, in der gegen sie wegen Verschwörung ermittelt wurde. Grinsend und Popcornkauend lümmeln sich die Angeklagten auf ihren Stühlen, sehr sicher, daß ihre Richter Mittel und Wege finden würden, um sie durch die Maschen des Gesetzes schlüpfen zu lassen: Helfershelfer der namentlich unbekannten Mörder erwiesenermaßen, vielleicht sogar direkt am Mord beteiligt. Price und Rainey hatten richtig spekuliert. Die Anklage gegen sie wurde fallengelassen. Ein Bundesgericht konnte sie nicht belangen. Die Gerichte des Staates Mississippi fanden die Indizien als nicht ausreichend für eine Verurteilung.

Drei Leben für Mississippi

In memoriam Mickey Schwerner,
Andy Goodman und James Chaney

Das ist ein Land
mit Raddampfern, und es gibt auch noch Krokodile
bei uns, und Bären
vereinzelt,
viel Baumwolle und liebe
geduldige Negerammen
und Märchen
und Träume
von einer glorreichen Vergangenheit.
Da war am Morgen die Welt noch in Ordnung
vor dem verlorenen Krieg
in weißen Häusern mit Säulen
und unterm Magnolienbusch.
Und putzige Männchen gibt es,
die eine Kapuze übers Gesicht ziehen,
wenn sie sich einen Spaß machen wollen
bei Kerzenlicht und Zauberzeichen im Gras.

Wir sind ein Land voller
christlicher Patrioten, weißt du,
chevaleresk
mit Urwäldern
und Sumpfwäldern,
aber auch wirtschaftliche Entwicklungsprojekte haben wir:
gut ausgebaute Fernstraßen, Müllverbrennungsanlagen
und Staudämme
künden vom Fortschritt.

Und unter einem dieser Erdhaufen
fand sich ja auch recht bald
wieder an,
was von den zwei jungen Männern,
tollwütige Idealisten, irregeleitet,
noch übriggeblieben war.
Um den Nigger, der auch dabei war, soll man nicht so viel
Aufhebens machen.
Dieses Pack muß auf seinen Platz verwiesen werden.
Um die beiden anderen tut es mir aufrichtig leid,
das kannst du mir glauben, Sohn.
Einer von den beiden soll übrigens Jude gewesen sein,
bleibt also einer.
Was sagst du da? Beide gar?
Dann haben wohl alle bekommen, was sie
verdienen.
So auf die alte, einzig wirksame Art.
Pack!
Und deswegen all das Aufsehen!
Das ist doch stark.
Man tut uns Unrecht, glaub mir, Sohn!

Frederik Hetmann

In der Nacht, in der King diese Geschichte in Paris hört, kann er erst einschlafen, nachdem er ein starkes Schlafmittel eingenommen hat. Er mag sich vielleicht an die Erklärungen James W. Silvers, eines Psychologen, erinnert haben, der versuchte, jenen Mechanismen auf die Spur zu kommen, die Menschen zu so bestialischem Haß treiben. Solche Erklärungen sind weder entschuldigend zu verstehen noch geben sie Trost. Aber als Einsicht und Erkenntnis sind sie vielleicht ein erster Schritt auf dem Weg dazu, den Rassismus zu überwinden.

Professor James W. Silver schreibt in seinem Buch *›The Closed Society‹ (›Die Geschlossene Gesellschaft‹):* »In jeder Gemeinde des Staates Mississippi gibt es am Rand der Gesellschaft von Angst, Furcht und Frustrationen geplagte Weiße. Es macht keinen Unterschied, ob diese Menschen an ihren persönlichen Unzulänglichkeiten leiden oder ob sie von den Umständen gewissermaßen überwältigt werden: Sie flüchten vor ihren Sorgen zeitweilig in die Erregung des Rassenkonflikts. Außerdem werden sie ja angehalten,

Martin Luther King und Ralph Abernathy während einer Pause auf einem Marsch von Selma, Alabama, nach Montgomery.

den Neger auf seinen Platz zu verweisen, wenn es ihnen selbst bessergehen soll. Rassenbigotterie übersteigt in Mississippi den Verstand, denn aus sehr verschiedenartigen Gründen sind viele politische Führer hier gewillt, sich der namenlosen Ängste und Befürchtungen, von denen die meisten Weißen geplagt werden, für ihre Zwecke zu bedienen. Die armen Weißen glauben selbst nicht daran, daß sie für ihren Lebensstandard die Neger verantwortlich machen können, aber sie sind so in der Lage, aggressive Energien gegen einen sozial anerkannten Sündenbock abzureagieren.«

Angesichts solcher Vorfälle wie der Morde an den drei Jugendlichen muß sich King auch grundsätzlich gefragt haben, ob er und seine Bewegung auf dem richtigen Weg seien. Gerade die Wählerregistrierung, auf die sich die ›*Southern Christian Leadership Conference*‹ besonders konzentriert hatte, brachte nicht die erwarteten Erfolge. Das Ziel, 5 Millionen neue Wähler zu registrieren, also ihre Eintragung in die Wahllisten durchzusetzen, wurde nicht erreicht. Noch 1965 war nur etwa ein Drittel aller nach dem Gesetz wahlberechtigten Schwarzen tatsächlich zur Wahl zugelassen. Und selbst die bescheidenen Fortschritte: Mit welch hohem Zoll an Menschenleben, Leid und Angst waren sie bezahlt? Konnte man überhaupt noch von einem angemessenen Verhältnis von Einsatz und Erfolg sprechen?

We shall overcome!
We shall overcome!
We shall overcome some day.
Deep in my heart I do believe:
We shall overcome some day!

We'll walk hand in hand!
We'll walk hand in hand!
We'll walk hand in hand today.
Deep in my heart I do believe:
We shall overcome some day!

Black and white together!
Black and white together!
Black and white together some day!
Deep in my heart I do believe:
We shall overcome some day!

We are not afraid!
We are not afraid!
We are not afraid today.
Deep in my heart I do believe:
We shall overcome some day!

The truth will make us free!
The truth will make us free!
The truth will make us free some day.
Deep in my heart I do believe:
We shall overcome some day!

Wir werden es schaffen!
Wir werden es schaffen!
Eines Tages werden wir es schaffen.
Tief in meinem Herzen glaube ich:
Eines Tages werden wir es schaffen!

Wir gehen Hand in Hand!
Wir gehen Hand in Hand!
Heute gehen wir Hand in Hand.
Tief in meinem Herzen glaube ich:
Eines Tages werden wir es schaffen!

Schwarz und Weiß zusammen!
Schwarz und Weiß zusammen!
Eines Tages Schwarz und Weiß zusammen.
Tief in meinem Herzen glaube ich:
Eines Tages werden wir es schaffen!

Wir haben keine Angst!
Wir haben keine Angst!
Heute haben wir keine Angst.
Tief in meinem Herzen glaube ich:
Eines Tages werden wir es schaffen!

Die Wahrheit wird uns frei machen!
Die Wahrheit wird uns frei machen!
Eines Tages wird uns die Wahrheit frei machen.
Tief in meinem Herzen glaube ich:
Eines Tages werden wir es schaffen!

Bankett ohne Rassenschranken

Es gab aber auch Zeichen der Hoffnung.

In Atlanta fanden sich Ende Januar 1965 1500 Menschen, die Prominenz der geschäftigen, aufblühenden Stadt, zu einem Bankett zusammen, um den schwarzen Nobelpreisträger zu ehren. Weiße Richter saßen neben schwarzen Köchen und Gepäckträgern. Für einen Abend waren die Rassen- und Klassenschranken aufgehoben. »Zehn Jahre, fünf Jahre, ja noch ein Jahr zuvor«, schreibt Coretta King, »wäre ein solcher Anblick in einer Stadt des Südens undenkbar gewesen.«

Am Ende des Banketts faßten sich alle Festgäste an den Händen und sangen jenes Lied, das inzwischen fast so etwas wie die Hymne der Bürgerrechtsbewegung geworden war: »*We Shall Overcome!*«

Das Getto der großen Städte: Einbahnstraße des Elends

Der Sommer des Jahres 1965 wurde ein heißer Sommer. Zum erstenmal kam es in der heißen Jahreszeit in einem der Gettos einer amerikanischen Großstadt, nämlich in Watts, dem schwarzen Viertel von Los Angeles, zu schweren Unruhen, die sich zu einer bür-

Nicht erst im Sommer 1965 kam es zu Unruhen in den großen Städten des Nordens. Hier ein Jahr zuvor in New Yorks Schwarzenviertel Harlem.

gerkriegsähnlichen Situation steigerten. Von Watts aus griffen die Unruhen auf Cleveland und Chicago über. Sie wiederholten sich im Sommer 1967, und zu diesem Zeitpunkt waren schon 150 größere und kleinere Städte in den USA davon betroffen.

Man muß das heute noch von Haß, Verachtung, schlechtem Gewissen, versteckten Drohungen und Lust an Gewalt vergiftete soziale Klima im Süden der USA einmal selbst miterlebt haben, um zu begreifen, warum so viele Schwarze seit Beginn unseres Jahrhunderts aus dem ländlichen Süden in die großen Städte des Nordens und Westens der USA abgewandert waren.

Sie hofften, die Stadtluft werde sie frei machen. Sie erwarteten, dort in nicht so starkem Maß Vorurteilen ausgesetzt zu sein. Sie ließen sich – wie andere Einwanderungsgruppen auch – in den ältesten und billigsten Wohngebieten nieder. Doch während die Einwanderer aus Europa bald von der weißen Gesellschaft aufgesogen wurden und, sobald sie besser bezahlte Berufe ausübten, in die Vororte, die Suburbs, zogen, wo sie sich neue Häuser kauften und die Schulen für ihre Kinder besser waren, verlief die Entwicklung bei der städtischen schwarzen Bevölkerung ganz anders.

Wer aus dem Süden kam, hatte meist nur eine unzureichende Schul- und Berufsausbildung. Damit war ihm der Weg nach oben in der Großstadt versperrt. Hinzu kamen die diskriminierenden Maßnahmen vieler Gewerkschaften und zahlreicher Unternehmer gegenüber den Negern.

Weil die Schwarzen im Durchschnitt weit weniger verdienten als Weiße, blieben sie schon durch ihre materielle Situation in den schlechten Vierteln eingesperrt, wo es ihnen schwerfiel, einen guten Arbeitsplatz zu finden, wo die Schulen ihre Kinder nur unzureichend auf einen Beruf vorbereiteten, der ihnen ein menschenwürdiges Dasein ermöglicht hätte.

New York, 1965: Schwarze und weiße Schüler fordern die Verhaftung des Polizisten Gilligan, der einen 15jährigen Jungen während der Unruhen erschossen hatte.

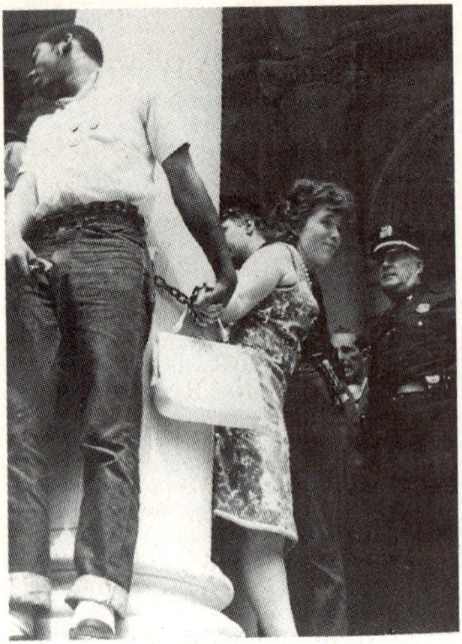

Ebenfalls New York, 1963. Eine Protestaktion gegen die Ungleichheit der Rassen am Arbeitsplatz. Links: Demonstranten, angekettet auf den Stufen des Rathauses, rechts: Polizisten, die einen jungen Mann gewaltsam aus dem Gebäude entfernen.

Die materielle Not der Schwarzen führte also dazu, daß ihre Wohnbezirke zu Slums und Gettos wurden. Die wirtschaftliche Lage der Schwarzen wurde noch dadurch verschärft, daß skrupellose weiße Geschäftsleute, denen die Wohnhäuser und Geschäfte im Getto gehörten, aus der Not der Armen ihren Nutzen zogen. Nach einer Untersuchung der ›*Federal Trade Commission*‹ (›Bundesstaatliche Preisbehörde‹) in den sechziger Jahren wurde ein Durchschnittsartikel, der im Großhandel 100 Dollar kostete, in Einzelhandelsgeschäften einer durchschnittlichen weißen Gemeinde für 165 Dollar verkauft. In einem Geschäft im Getto kostete derselbe Artikel aber 250 Dollar. Das bedeutete eine zusätzliche Profitrate von 52 %, die den Ärmsten der Armen abgepreßt wurde.

Aber auch Tausende von Schwarzen, die in ihrem Einkommen, ihrem Lebensstandard und kulturellen Niveau den aufsteigenden weißen Bevölkerungsgruppen durchaus gleichgestellt waren, blieben in Wohngegenden mit überwiegend oder ausschließlich schwarzer Bevölkerung aus dem einfachen Grund, weil man es ihnen unmöglich machte, in weiße Wohnviertel zu ziehen.

Die weiße Mittelstandsbevölkerung wandte, um diese Rassentrennung beim Wohnen zu erreichen, die verschiedensten Praktiken an. Wagte ein Schwarzer, in ein weißes Viertel einzuziehen, so terrorisierte man ihn mit anonymen Telefonanrufen, schüttete nachts Müll auf den Rasen vor seinem Haus, zündete dort Kerzen an (das Zeichen des Ku-Klux-Klan) und schreckte, wenn all diese Einschüchterungsversuche nichts halfen, auch vor Sprengstoffanschlägen nicht zurück.

Weil die Schwarzen auf schlechte Wohngebiete verwiesen blieben, in die sie die Vorurteile der weißen Gesellschaft gedrängt hatten, war ihre familiäre Situation nicht selten katastrophal. Weil die Familienverhältnisse zerrüttet, die Wohnungen miserabel, das Einkommen der Eltern unzureichend und oft nicht einmal die nötigsten Kleidungsstücke vorhanden waren, gingen viele Kinder nur unregelmäßig, manchmal auch gar nicht zur Schule.

Das schwarze Getto war eine Einbahnstraße des Elends. Wer hier geboren wurde, hier aufwuchs, hier zur Schule ging, dessen Chancen waren gleich Null, schließlich doch noch einmal auf der sozialen Rangleiter weiter nach oben zu klettern. Es war ein Teufelskreis, aus dem auszubrechen vom einzelnen geradezu übermenschliche Anstrengungen und Willenskräfte verlangte.

»Nächste Station: Der Norden!«

Es scheint, daß King und die ›*Southern Christian Leadership Conference*‹ der brisanten Situation in den Gettos der Großstädte über lange Zeit nicht genügend Beachtung geschenkt hatten. Allerdings muß man bei solcher Kritik auch dies bedenken: Die SCLC, ja die Bürgerrechtsbewegung insgesamt, war erst ein paar Jahre alt. Sie war im Süden entstanden und hatte sich dort den dringlichsten Aufgaben zugewandt: der Aufhebung der Rassenschranke in öffentlichen Verkehrsmitteln, in öffentlichen Gebäuden und in

Restaurants, der Durchsetzung integrierter Schulen und Universitäten und der Wählerregistrierung.

Selbstkritisch erkannte sie nun, daß rasch und wirksam auch für die Schwarzen in den Großstädten etwas geschehen mußte. Ihre Probleme unterschieden sich grundsätzlich von denen der ländlichen Bevölkerung des Südens. Wenn King 1965 die Parole ausgab: NEXT STOP TO NORTH – NÄCHSTE STATION: DER NORDEN, so hieß das, es sollte nun versucht werden, jene Bedingungen zu ändern, die zur Entstehung und zur ständigen Vergrößerung der Negergettos in den Großstädten vor allem des Nordens, aber auch des Mittelwestens und des fernen Westens in den USA geführt hatten.

Dieses geschah vor allem mit zwei Programmen: der ›*Operation Brotkorb*‹ und ›*Chicago Freedom Movement*‹.

›Operation Brotkorb‹

›*Operation Brotkorb*‹ ging von der Überlegung aus: Wenn du meinen Dollar respektierst, mußt du mich auch als Person akzeptieren. Oder anders ausgedrückt: Wenn ihr weißen Geschäftsleute erwartet, daß wir Neger bei euch kaufen, müßt ihr andererseits auch neue Arbeitsplätze für Schwarze in euren Betrieben bereitstellen. Die Schaffung von mehr Arbeitsplätzen wurde zunächst mit Gesprächen zwischen den Mitarbeitern der Bürgerrechtsbewegung und den Vertretern der jeweiligen Firma eingeleitet. Führten diese Gespräche zu keinem Erfolg, ging die Bürgerrechtsbewegung zu Protestkundgebungen vor den Läden und Fabriken über oder rief zum Boykott dieser Läden oder der Produkte der entsprechenden Fabrik auf. Die Kampfmaßnahmen wurden so lange fortgesetzt, bis die Läden oder Betriebe zur Erfüllung der entsprechenden Forderungen bereit waren.

Auch bei diesen Aktionen steht als letzte der jeweils genau festgelegten und bedachten Strategieschritte »die Versöhnung«. Dazu heißt es: »Die Pastoren können jetzt ehrlichen Respekt von den Firmenleitungen erwarten. Neue Erfahrungen sind möglich, wenn die Firmen und ›*Operation Brotkorb*‹ als gleichwertige, sich respektierende Partner zusammenkommen.«

Die Erfolge bei dieser Aktion, die zunächst in Atlanta durchgeführt und erst später auf andere Städte übertragen wurde, waren recht ermutigend. »Der erste Angriffspunkt der ›*Operation Brotkorb*‹ in Atlanta war die Brotindustrie, da der Konsumentenanteil der Neger gerade bei billigen Grundnahrungsmitteln ihren Arbeitsplatzanteil in den entsprechenden Branchen weit übersteigt. Alle Firmen außer einer stellten (in Atlanta) innerhalb von 14 Tagen eine größere Zahl von Negern ein.«

Es stellte sich aber bald heraus, daß allein mit der Schaffung neuer Arbeitsplätze das Problem der wirtschaftlichen Benachteiligung nicht zu lösen war. Wie wir gesehen haben, ist der Arbeitsplatz nur *ein* Faktor unter mehreren, die zum Teufelskreis der Gettosituation führen.

Später wurde die Strategie bei ›*Operation Brotkorb*‹ dahingehend verfeinert, daß man Geschäftsunternehmen veranlaßte, ihre im Getto erzielten Gewinne in von Schwarzen geleiteten Banken einzuzahlen, und daß Produkte der in der Hand von Schwarzen befindlichen Firmen in weißen Vierteln angeboten werden sollten. Um zu gewährleisten, daß die Waren der schwarzen Firmen nicht nur angeboten, sondern auch wirklich verkauft wurden, bildete ›*Operation Brotkorb*‹ ›*Consumer Clubs*‹ (›*Konsumentenvereinigungen*‹). Die Mitglieder der Klubs hatten die Aufgabe, zu prüfen, ob die entsprechenden Läden sich an die Vereinbarungen hielten. So wurde zum Beispiel 1967 eine Kampagne gegen schlechtes Fleisch durchgeführt. Viele weiße Firmen verkauften nämlich in den Gettos Fleisch minderer Qualität zu überhöhten Preisen.

›Chicago Freedom Movement‹ oder: Die offene Stadt

Um wieviel schwieriger es für die Bürgerrechtsbewegung außerhalb des Südens war, zu Erfolgen zu kommen, erwies sich während der sogenannten ›*Chicago Freedom Movement 1966*‹, die im wesentlichen ein Kampf gegen Diskriminierungen der Neger auf dem Wohnungsmarkt war.

Schon im Juli 1965 hatte King in Chicago Märsche durchgeführt, mit denen gegen die immer noch bestehende Rassentrennung im öffentlichen Schulwesen protestiert wurde. Diese Demonstrationen waren von den führenden örtlichen Politikern, von der Presse und von der weißen Bevölkerung einfach nicht beachtet worden.

Als 1966 King abermals nach Chicago ging, brachte er 200 Mitarbeiter der SCLC mit, die die Aktionen der 168 in Chicago schon bestehenden örtlichen Bürgerrechtsgruppen aufeinander abstimmen sollten. Demonstrativ mietete King für sich und seine Familie eine typische Gettowohnung, die er während drei Tagen der Woche trotz seiner vielfältigen Verpflichtungen auch tatsächlich bewohnte. Er übernahm die Treuhandschaft über ein von dem Hausbesitzer vernachlässigtes Slumgebäude. Mitarbeiter der ›*Chicago Freedom Movement*‹ kassierten von den Bewohnern die Mieten, führten diese aber nicht an den Wohnungseigentümer ab, sondern bezahlten davon die dringend notwendigen Reparaturarbeiten. Schließlich wurde mit Hilfe der Gewerkschaften ein sechs Monate dauernder Mieterstreik organisiert.

In der zweiten Phase dieser Aktion, die Mitte 1966 begann, war dann das Ziel eine völlige Aufhebung des getrennten Wohnens von Schwarz und Weiß. King erschien an der Spitze einer Gruppe von 5000 Demonstranten vor dem städtischen Verwaltungszentrum und nagelte dort eine Liste von Thesen an, mit denen eine ›offene Stadt‹, eine Stadt ohne Rassentrennung, proklamiert wurde.

In der zweiten Julihälfte begannen dann die ›*open housing*‹ – Märsche in die weißen Vororte, mit denen ebenfalls das Recht der Neger auf freie Wohnungswahl demonstriert werden sollte. »Häufig reagierten die weißen Bewohner der betroffenen Vororte mit brutalen Attacken auf die Demonstranten. Einige bewarfen weiße Priester und Nonnen, die sie als ›nigger lover‹ bezeichneten, mit Steinen, andere schwangen Symbole der amerikanischen Nazipartei, wieder andere schrien im Chor: Haß, Haß, Haß, als ein Rabbiner und ein Priester während einer Demonstration niederknieten.«

Auf den Vorwurf, er provoziere gewalttätige Ausschreitungen, antwortete King: »Der Liberale (hier im Sinn von: jene Leute, die

So wehren sich die weißen Rassisten von Chicago, als King in weißen Vororten eine Aufhebung der Rassentrennung beim Wohnen durchsetzen will.

solche Vorwürfe erheben) muß unbedingt einsehen, daß der Unterdrückte, der für seine Rechte agitiert, nicht der Urheber der Spannung ist. Er bringt nur die verborgene Spannung, die schon vorhanden ist, an die Oberfläche.«

Am 21. August 1966 unternahm King einen Protestmarsch in den weißen Vorort Cicero, in dem mehrere Neger, die es gewagt hatten, dort Arbeit oder Wohnung zu suchen, ermordet worden waren.

Nach diesem Marsch lenkten die führenden weißen Politiker und die Geschäftsleute schließlich ein und waren zu Verhandlungen bereit. Am 26. August kam es zwischen ihnen und den Vertretern der Bürgerrechtsorganisation und der Kirchen, unter ihnen auch King, zu einer sogenannten »Gipfelkonferenz«.

King setzte dabei seine wichtigsten Forderungen durch. Die Wohnungsmakler erklärten sich bereit, ihren Widerstand gegen die Idee der »offenen Stadt« aufzugeben, Beamte des Wohnungsbauamtes kündigten die Errichtung neuer Häuser außerhalb der Gettos an, die Wohnungserneuerungsbehörde versprach Hilfsmaßnahmen für zwangsweise umgesiedelte Gettobewohner. Die SCLC erklärte sich ihrerseits bereit, keine weiteren Protestmärsche durchzuführen.

Es stellte sich aber bald heraus, daß die Aktion in Chicago trotz allem als ein Fehlschlag angesehen werden mußte. Die Stadtverwaltung, vor allen Dingen die konkret für die Ausführung der Vereinbarungen zuständigen Dienststellen, verlegten sich auf eine Verschleppungstaktik und bestritten teilweise, nachdem hinreichend Zeit verstrichen war, daß man sich überhaupt geeinigt hatte.

Pastor A. Young von der SCLC hatte recht, als er erklärte: »In Chicago erreichten wir letztlich nicht mehr als eine Vereinbarung auf dem Papier. Bezeichnend sind im übrigen die folgenden Erfahrungen, die ich, als ich im Sommer 1968 kurz nach dem Tod von Martin Luther King nach Chicago kam, dort machte. Ich erlebte die Einweihung einer Gruppe von Turmhäusern mit, die für Gettobewohner erbaut worden waren. Bei der Einweihungsfeier sagte Bürgermeister Daley unter großem Beifall der überwiegend weißen Festgäste sinngemäß, da seien nun die neuen Häuser für das Niggerpack, sollten sie nun immer noch nicht zufrieden sein, werde man die Gegend mit Stacheldraht und Minenfeldern umgeben lassen. Tatsächlich war mit den Turmhäusern schon ein neues Getto vorprogrammiert, da es in der näheren Umgebung keine Arbeitsplätze gab und alle übrigen sozialen Einrichtungen wie Kindergärten, Spielplätze, Grünflächen, Einkaufsmöglichkeiten und Krankenhäuser dort ebenfalls fehlten.«

Selbstkritisch fragten sich King und seine Mitarbeiter nach den Ursachen für das Scheitern der ›*Chicago Freedom Movement*‹. Einmal waren die Ärmsten der Armen nicht hinreichend in der Bürgerrechtsbewegung selbst vertreten, um sich mit deren Zielen identifizieren zu können. Viele arme Neger begriffen beispielsweise nicht, warum man für das Wohnrecht in weißen Vororten demonstrierte. Selbst wenn man dort schwarze Mieter zugelassen hätte, wären ja die Mieten in diesen Häusern für den durchschnittlichen Gettobewohner unerschwinglich hoch gewesen.

Einen weiteren Grund nennt Margret Long in dem Buch ›*The*

Movement moves North‹: »Die Neger von Chicago sind nicht kirchenorientiert.« Die Organisation einer disziplinierten Bürgerrechtsbewegung über die kirchlichen Gemeinden war hier nicht so ohne weiteres möglich wie in den Südstaaten.

Und schließlich: Die Gettobewohner verfügten durch ihre elende wirtschaftliche und soziale Situation auch nicht über jene Disziplin der Gewaltlosigkeit, die King aus Montgomery und Atlanta gewohnt war. Wahrscheinlich hätte die Kampagne wesentlich sorgfältiger und langfristiger vorbereitet werden müssen, aber genau das war nicht möglich.

Ist King Onkel Tom?

King führte in diesen Jahren einen Wettlauf gegen die Zeit.

Überall in den USA, vor allem aber in den Großstädten, gewannen junge Leute, die die offene Rebellion predigten, mehr und mehr an Einfluß. Wollte er dieser Bewegung revolutionärer Gewalt Einhalt gebieten, so brauchte er rasche Erfolge. Durchschlagende Erfolge waren aber genau in diesen Jahren schwer zu erringen.

Einmal hatten nach den recht spektakulären Anfangserfolgen der Bürgerrechtsbewegung sich nun auch deren Gegner besser organisiert. Es kam zu dem, was man ›*the white backlash*‹, die weiße Reaktion, das weiße Zurückschlagen, genannt hat.

Zum anderen schien man den Problemen in den Großstädten eben nicht mit Methoden beizukommen, die im ländlichen Süden oder in den Klein- und Mittelstädten dort zunächst erfolgreich gewesen waren.

King führte einen Wettlauf mit der Zeit auch, weil er sich folgende Entwicklung ausrechnen konnte: Nahm der Einfluß der Radikalen und der die Gewalt als Mittel der Auseinandersetzung propagandierenden Gruppen unter den Schwarzen zu, kam es in den Großstädten weiter zu ›*riots*‹, zu Krawallen und Unruhen, dann konnte das nur mit einer Katastrophe für die schwarzen Bürger der USA enden. Ein fürchterliches Massaker und der Triumph der weißen Rassisten waren absehbar.

Von daher war King nun gezwungen, politisch-weltanschaulich die Auseinandersetzung nach zwei Seiten hin zu führen. Er mußte den Weißen weitere Zugeständnisse abtrotzen, er durfte nicht in den Verdacht geraten, zu den ›*Onkel Toms*‹, zu jenen Negern zu gehören, die willige Marionetten der weißen Interessen geworden waren. Er mußte andererseits seine schwarzen Brüder zur Geduld überreden, den Einfluß der Radikalen einzuschränken.

Wie sie die politische Situation analysierten, geht aus der Äußerung zweier ihrer Wortführer in der ›*Black Power*‹-Bewegung, Stokely Carmichael und Charles V. Hamilton, hervor, die erklärten: »Es ist eine Tragödie des Kampfes gegen den Rassismus, daß es bisher auf nationaler Ebene keine Organisation gegeben hat, die den wachsenden Angriffsgeist der schwarzen Jugend in den städtischen Gettos und dem schwarzen Gebiet im Süden anzusprechen vermochte. Es gab nur eine Bürgerrechtsbewegung, deren Tonfall einem Publikum aus dem weißen Mittelstand angepaßt war. Sie diente als eine Art Pufferzone zwischen diesem Publikum und den zornigen jungen Schwarzen.«

Immer häufiger traf King nun der Vorwurf aus den Reihen dieser Jugend, so etwas wie ein Helfershelfer der Weißen zu sein, ein Aushängeschild dafür, daß man doch guten Willens sei, die Gleichberechtigung langsam herbeizuführen, während es in Wirklichkeit nach jedem Schritt voran wieder zwei Schritte zurückging.

›Black Power‹ und ›Black is beautiful‹

Schon 1965, bei den Wahlen im Lowndes County in Alabama, hatte Stokely Carmichael dort eine neue schwarze Partei gegründet, die die Parole ›*Black Power*‹ ausgab. Während zunächst darunter vor allem Selbsthilfe der Schwarzen und Solidarität der Neger verstanden worden war, gab es bald einige jüngere schwarze Aktivisten, die einen Schritt weiter gingen und das englische Wort ›*power*‹ nicht nur im Sinn von ›*Macht*‹, sondern auch von ›*Gewalt*‹ verstanden wissen wollten. Sie zählten die Liste der Gewaltverbrechen auf, denen Schwarze zum Opfer gefallen waren, und erklärten, solange sich an der gewalttätigen Haltung der weißen Rassisten nichts ändere, müßten sich die möglichen Opfer mit Waffen schützen.

Eng verbunden mit dem Begriff ›*Black Power*‹ war der Slogan ›*Black is beautiful*‹ – ›*Schwarz ist schön*‹. So sollte ein neues Selbstbewußtsein aufgebaut werden. Der Slogan erwies sich gerade in den schwarzen Slums, wo King kaum Erfolge hatte erzielen können, als wirksames Stichwort der Propaganda in einer neuen, revolutionären Phase der Befreiungsbewegung.

›*Black is beautiful*‹ wollte die Schwarzen von dem Selbsthaßkomplex erlösen, den ihnen die Vorurteile der Weißen suggeriert hatten. In diesem Sinn übersetzt, verkündete dieses Stichwort: Schäme dich nicht länger deiner Rassenmerkmale. Sei stolz auf sie. Negativ und häßlich sind sie nur in einer Werteordnung und gemäß den Schönheitsidealen, die die Weißen nach ihrem Bild geprägt haben. Kritisch ist anzumerken, daß die Ideologie von ›*Black is beautiful*‹ teilweise zu absurden Übersteigerungen führte und manchmal in einen schwarzen Rassismus auszuarten drohte.

King lehnte die Vorstellungen der ›*Black Power*‹-Bewegung nie völlig ab, wenngleich es zwischen ihm und deren Anhängern gewisse Spannungen gegeben hat. Er sah im Stichwort ›*Black Power*‹ durchaus eine Botschaft, die den Anstoß zur Überwindung der Lethargie und des Selbsthasses geben konnte.

In seiner Eigenschaft als Präsident der SCLC ließ er sogar ein Plakat drucken, das über einem ausdrucksstarken schwarzen Gesicht die Inschrift trug:

»BLACK IS BEAUTIFUL
AND IT'S BEAUTIFUL TO BE BLACK«

»Schwarz ist schön
und es ist schön, schwarz zu sein.«

Allerdings bestand er darauf, am Prinzip der Gewaltlosigkeit in der politischen Auseinandersetzung unbedingt festzuhalten.

Als Geburtsstunde der ›*Black Power*‹-Bewegung gilt im allgemeinen der »Meredith-Mississippi-Freiheitsmarsch«. Er fiel in den

Zeitraum der Aktionen in Chicago. Am 6. Juni 1966 befand sich King bei einem Treffen des SCLC-Stabes im Hauptquartier der Organisation in Atlanta, als ihn in der Nacht die Nachricht erreichte, daß James Meredith niedergeschossen worden sei.

Coretta King berichtet: »Meredith war der junge Mann, der 1962 die Universität von Mississippi unter persönlichem Einsatz integriert hatte. Am 6. Juni 1966 hatte er zusammen mit vier Freunden einen Marsch durch Mississippi angetreten, um den Fortschritt der Bürgerrechte zu prüfen. Den ersten Berichten zufolge war Meredith getötet worden; aber Martin erfuhr bald, daß er nur verwundet war und in einem Krankenhaus in Memphis, Tennessee, lag.

Martin flog unverzüglich nach Memphis, wo sich ihm Floyd McKissick von Core anschloß, außerdem Stokely Carmichael, der gerade zum Vorsitzenden des SNCC gewählt worden war, sowie Jim Lawson, der die Zweigstelle der SCLC in Memphis leitete. Sie besuchten Meredith am Krankenbett. Und da Martin wußte, daß Meredith als ›Einzelgänger‹ bekannt war, fragte er ihn, ob er einverstanden sei, wenn er und die anderen an seiner Stelle weitermarschierten. Worauf Meredith erwiderte: ›Ja. Die Sache ist größer als ich.‹«

Gleich zu Anfang des Marsches kam es zwischen King und Carmichael darüber zum Streit, ob auch Weiße mit an der Demonstration teilnehmen dürften. »Stokely Carmichael hatte vorgeschlagen, an dem Marsch sollten ausschließlich Schwarze teilnehmen – Weiße sollten nicht eingeladen, ja nicht einmal geduldet werden. Martin vereitelte diese Absicht, indem er drohte, sich zurückzuziehen.

Später, in Grenada, Mississippi, begann Stokely, den damals neuen Slogan ›Black Power‹ zu rufen. Auf einer hitzigen Versammlung wandte sich Martin dagegen und schlug ›Schwarze Gleichheit‹ vor. Für die jungen Radikalen war das unannehmbar. Aber indem er das ganze Gewicht seines Namens in die Waagschale warf, zwang Martin sie, auf die ›*Black Power*‹-Parole wenigstens während jener Demonstration zu verzichten . . .

Am nächsten Tag sagte Carmichael während ihres gemeinsamen Marsches: ›Martin, ich habe die Black-Power-Sache mit Absicht jetzt angefangen, um dich darauf zu verpflichten.‹

Martin Luther King auf dem James-Meredith-Marsch durch den Bundesstaat Mississippi. Die Gläser der Sonnenbrille reflektieren seine Gefährten.

›Schon gut‹, erwiderte Martin lächelnd, ›man hat mich schon öfter mißbraucht. Einmal mehr wird nicht weh tun.‹«

Einige Wochen nach dem Meredith-Marsch veröffentlichte King dann aber eine Anzeige in der ›*New York Times*‹, in der er ›*Black Power*‹ als rassistisch bezeichnete. Er näherte sich damit der Meinung jener Weißen an, die von ›*Black Power*‹ als »Rassismus mit umgekehrten Vorzeichen« sprachen.

Nach einer Versammlung in Chicago im Jahre 1966, auf der er zum erstenmal von jungen Schwarzen ausgebuht wurde, sagte Martin Luther King: »Sie waren so feindselig, weil sie sahen, wie der Traum, den sie so bereitwillig akzeptiert hatten, zu einem enttäuschenden Alptraum wurde.«

Er konnte die Jungen verstehen, was nicht heißt, daß er ihre Ansichten geteilt hätte. Zwar klang seine Kritik an ›*Black Power*‹ später nicht mehr so scharf. Dies aber wohl hauptsächlich aus einem taktischen Grund: Er wollte nicht mit bestimmten liberalen

Politikern in einen Topf geworfen werden, denn das hätte Einbußen an seinem Prestige als immer noch über alle politischen Schattierungen und Gruppierungen hin anerkannte Symbolfigur des Freiheitskampfes der amerikanischen Neger zur Folge haben können. Nur von dieser Position aus, so dürfte er sich ausgerechnet haben, konnte er, wenn es zum Schlimmsten kam, auch Eiferer und Hitzköpfe im Lager der Schwarzen zurückhalten.

King scheint von nun an die ›*Black Power*‹-Bewegung als eine Herausforderung begriffen zu haben, die Methoden, Möglichkeiten und Grenzen des gewaltfreien politischen Kampfes neu zu überdenken. Es dürfte ihm klargeworden sein, daß der Rassenkonflikt *auch*, wenngleich nicht ausschließlich, als »Klassenkonflikt« verstanden werden muß.

Kämpfen dürfen sie zusammen. Schwarze und weiße Soldaten im Vietnam-Krieg.

Kämpfer gegen Armut und Krieg

Als es 1967 im Sommer wiederum in den Gettos und Slums der amerikanischen Großstädte zu Unruhen kam, erklärte Luther King: »Die Bomben aus Vietnam explodieren zu Hause.« Schon gegen Ende 1966, als der Vietnam-Krieg in immer stärkerem Maße die innenpolitische Situation in den USA beeinflußte, hatte er auf die »Wechselbeziehung zwischen Rassismus, Armut und Militarismus« hingewiesen. Als Antwort auf einen Aufsatz des Bürgerrechtlers Bayard Rustin, der den Krieg in Vietnam für sinnvoll und mit »sozialem Fortschritt im Inneren« vereinbar hielt, schrieb er: »Die Regierung (der USA) ist emotionell dem Krieg verpflichtet, sie ist emotionell feindselig gegenüber den Bedürfnissen der Armen.«

In einer Rede rechnete King vor, daß die Regierung für die Tötung jedes Vietnamesen eine halbe Million Dollar ausgeben müsse, während sie zur Bekämpfung der Armut im eigenen Land an jeden Wohlfahrtsempfänger im Jahr ganze 53 Dollar zahle.

Langsam steigerten sich Kings Angriffe gegen den Krieg in Vietnam, den er schließlich »ein Symptom einer viel tiefer sitzenden Krankheit im Geist Amerikas« nannte. Er warf den USA vor, sie ständen »auf der falschen Seite der Weltrevolution«. Er nannte die westliche Welt eine »Versammlung von Erz-Antirevolutionären, verantwortlich für die internationale Notsituation, die die Armen, die Besitzlosen und die Ausgebeuteten der ganzen Welt betrifft«.

Kommunist oder barmherziger Samariter?

In Amerika (und auch anderswo) werden solche Kritiker gewöhnlich damit mundtot zu machen versucht, daß man sie als Kommunisten bezeichnet. Genau dies aber war bei Martin Luther King nicht so ohne weiteres möglich. In seinen Schriften und Reden hatte er nie die geringsten Sympathien für den Marxismus erkennen lassen. Im Gegenteil, er hatte vor allem Lenin und dessen Revolutionstheorie heftig kritisiert. Der entscheidende Unterschied war das Verhältnis von Zweck und Mitteln.

Während letztlich für einen marxistischen Revolutionär das Ziel (die Herstellung der klassenlosen Gesellschaft oder Schritte auf dem Weg dahin) die Mittel heiligt, lautete Kings These gerade umgekehrt: »In der Art des Mittels liegt schon der Zweck, das heißt, das Mittel des gewaltlosen Ringens um Recht, Freiheit, Frieden ist in sich schon ein Element der Ziele: Recht, Freiheit, Frieden.« Insofern waren Versuche, King als Kommunisten zu bezeichnen, ziemlich unglaubwürdig und zwecklos.

Für die reaktionären Kreise in Amerika wurde er aber insofern nun immer gefährlicher, als er den engeren Bereich des Rassenkonflikts nun verließ und in allgemeine politische Fragen eingriff. Freilich hatten die Erfahrungen in Chicago und die Diskussion mit den jungen Leuten um Stokely Carmichael, die ja in seiner auf Gewaltlosigkeit eingeschworenen Organisation herangewachsen waren, auch in seinem Bewußtsein zu Veränderungen geführt, die deutlich wurden, als er 1967 erklärte: »Jahrelang mühte ich mich ab mit dem Gedanken, die bestehenden Institutionen der Gesellschaft zu reformieren, eine kleine Veränderung hier, eine kleine Veränderung dort. Jetzt bin ich ganz anderer Meinung. Ich denke, eine Rekonstruktion der ganzen Gesellschaft, eine Revolution der Werte ist notwendig.«

Übersetzt in die Sprache des Predigers, die seine Anhänger so gut verstanden, hörte sich das so an: »Einerseits sind wir aufgerufen, die Rolle des barmherzigen Samariters an der Straße des Lebens auszuüben, aber das kann nur am Anfang stehen. Eines Tages müssen wir erkennen, daß der ganze Weg nach Jericho umgebaut werden muß.«

Nun ist allerdings auch nicht zu übersehen, daß King in vielem an der gegenwärtigen Gesellschaft ähnliches kritisierte wie die Marxisten, nämlich all das, was diese mit dem Begriff »Entfremdung« bezeichnen. King nannte es »Verdinglichung« und meinte damit, daß Einrichtungen, die sich ihres humanen Wertes begeben, versteinern. Aber letztlich kritisierte er kapitalistisches Profitdenken und die Aufhebung elementarer Menschenrechte in den Ländern des kommunistischen Staatskapitalismus gleichermaßen. Er schrieb: »Die gute und gerechte Gesellschaft ist weder die These des Kapitalismus noch die Antithese des Kommunismus, sondern eine bewußt soziale Demokratie, die die Wahrheit des Individualismus und die des Kollektivismus miteinander versöhnt.« Er kennzeichnet damit eine weltanschauliche Position, die für die Länder der Dritten Welt richtungweisend sein könnte.

Der Protest gegen den Vietnam-Krieg

Am 25. Februar 1967 nahm King in einer Rede in Los Angeles scharf gegen die Politik der amerikanischen Regierung gegenüber Vietnam Stellung. »Daddy« King, in seiner Grundhaltung konservativer als sein Sohn, hatte ihn zunächst davor gewarnt, diesen Weg einzuschlagen. Nach der Rede aber war auch er davon überzeugt, daß man gegen diesen Krieg protestieren müsse.

Auf King selbst scheint es großen Eindruck gemacht zu haben, daß sich einer seiner langjährigen Mitarbeiter und Freunde, Reverend Bevel, von der SCLC beurlauben ließ, um sich ausschließlich der Protestbewegung gegen den Vietnam-Krieg widmen zu können. Bevel war nicht der einzige Pfarrer, der diesen Weg ging. In der katholischen Kirche waren es vor allem die Gebrüder Berrigan, die durch ihr Engagement gegen den Krieg von sich reden machten. Daniel Berrigan war zu dieser Zeit Studentenpfarrer an der Cornell-Universität. Mehr als einmal begleitete er Studenten zu Prozessen, die bei der Verweigerung des Wehrdienstes anhängig wurden.

In seinem berühmten Buch ›*Die dunkle Nacht des Widerstandes*‹ berichtet Daniel Berrigan von dem Vater, der in der Musterungskommission sitzt und sich dafür ausspricht, seinen Sohn, der sich weigert, Soldat zu werden, unnachgiebig hart zu bestrafen. Eine Szene, die seiner, Berrigans, Meinung nach den moralischen Notstand der Nation nur zu deutlich vor Augen führe.

Später – nämlich im Mai 1968 – werden Daniel und sein Bruder Philip Berrigan mit sieben weiteren Anhängern der katholischen Friedensbewegung in das Büro der Wehrerfassungsstelle 53 im zweiten Stock der Kolumbusritterhalle in Catonsville, einem Vorort von Baltimore, eindringen. Sie werden dort über 300 Einberufungsakten der Kategorie I A zusammenraffen, sie in Drahtkörbe werfen und sie mit selbst hergestelltem Napalm auf dem nahegelegenen Parkplatz verbrennen.

Amerika war in diesen Jahren über die Frage des Vietnam-Krieges zu einer gespaltenen Nation geworden. Die Spaltung ging durch Kirchen und Verbände, ja selbst durch Familien. Sich gegen den Vietnam-Krieg auszusprechen, das hatte Folgen, das war keine harmlose Entscheidung, kein bloßes Lippenbekenntnis. Man stellte sich damit außerhalb der Gemeinschaft der guten Amerikaner, der Patrioten, der »anständigen« Leute.

Am 15. April 1967 zog King mit anderen prominenten Kriegsgegnern in einem »Friedensmarsch«, an dem 125 000 Menschen teilnahmen, durch New York. Am 4. April 1967 schon hatte er in der Riverside Church in New York eine Ansprache zu dem Thema ›*Vietnam und der Kampf für die Menschenrechte*‹ gehalten.

Es gab gute Gründe gerade für einen Neger, gegen diesen Krieg in Vietnam zu sein. »Nicht nur werden doppelt so viele Neger wie Weiße für den Frontdienst eingezogen: Man sagt ihnen noch obendrein, die für die Neugestaltung ihres Lebens notwendigen Milliarden würden für Investitionen in einem fremden Land gebraucht. In der Heimat wird die Demokratie ausgehöhlt, damit eine Scheindemokratie in der Fremde erkämpft werden kann.«

Seine Rolle in der Protestbewegung sah King in einer politischen Vermittlungsfunktion: »Ich beteilige mich, weil ich glaube, als Brücke zwischen den alten Liberalen und der Neuen Linken dienen zu können.«

Gerade dieser »neuen Linken«, man könnte auch sagen, den Radikalen, standen die gemäßigten Gruppen und manche der kirchlichen Verbände mit einem gewissen Mißtrauen gegenüber. Mit seinem Engagement für die Friedensbewegung bürgte King gewissermaßen dafür, daß es zu keinen unsinnigen, verantwortungslosen Aktionen kommen würde.

Andererseits verschlechterte sich nun das Verhältnis zu manchen alten Freunden, die nicht bereit waren, für den Weg, den King nun einschlug, Verständnis aufzubringen oder ihm gar dabei zu folgen. Die Herausgeber der Illustrierten ›*Life*‹ schrieben nach der Riverside-Rede: »Dr. Martin Luther King . . . ist nahe daran, die Sache zu verraten, für die er bislang gekämpft hat . . . Über weite Strecken war seine Rede eine demagogische Verleumdung, die sich wie ein Manuskript für Radio Hanoi anhörte.«

Und ein Berater des Präsidenten Lyndon Johnson erklärte: »King hat eine Rede gehalten, die genau auf der Linie der verdammten Kommunisten liegt.« Von nun an galt King im Weißen Haus als unerwünschte Person.

Bei einer Meinungsumfrage im Jahre 1967 stellte sich aber auch heraus, daß jeder zweite Neger in den USA der Haltung Kings in der Frage des Vietnam-Krieges verständnislos gegenüberstand. Reverend Jesse Jackson, der Mann, der innerhalb der SCLC vor allem für die Durchführung der ›*Operation Brotkorb*‹ zuständig war, erklärte diese Einstellung der schwarzen Bevölkerung als »Sklavenpsychologie«. Sie wird verständlich durch die Äußerung eines konservativen schwarzen Publizisten, C. T. Rowan, der schrieb: »Martin Luther King hat den Negern viele ihrer Freunde entfremdet und den Feinden der Neger in beiden Parteien Waffen geliefert, indem er den Eindruck entstehen ließ, die Neger seien nicht loyal.« King aber bestritt entschieden die ihm auch aus den Reihen seiner eigenen Organisation entgegengehaltene Meinung: »Frieden und Bürgerrechte vertragen sich nicht.« Er fand im Gegenteil: »Wir müssen den Elan der Bürgerrechtsbewegung in die Friedensbewegung hineintragen.«

Wenn der Erweckungsprediger Billy Graham und der protestantische Bischof R. Emrich fanden, King gehe nun entschieden zu weit, so konnte King nur auf seine Predigt in der Riverside Church verweisen, in der er gesagt hatte: »Der Weg von der Dexter Avenue Baptist Church, der Kirche in Montgomery, Alabama, in der ich meine Pfarramtstätigkeit begann, führte eindeutig in dieses Heiligtum heute abend . . . Für mich ist die Beziehung dieses Dienstes (als Pfarrer im Auftrag Jesu Christi) zur Friedensstiftung so offensichtlich, daß ich mich manchmal über diejenigen wundere, die mich fragen, warum ich mich gegen den Krieg ausspreche. Könnte es sein, daß sie nicht wissen, daß die gute Botschaft allen gilt . . .? Haben sie vergessen, daß ich meinen Pfarrdienst im Gehorsam gegen den einen verstehe, der seine Feinde so total liebte, daß er für sie starb? Was kann ich als treuer Diener dieses einen zum Vietcong oder zu Castro oder zu Mao sagen? Kann ich sie mit dem Tod bedrohen, oder muß ich mein Leben mit ihnen teilen?«

Ein neuer riskanter Plan: Der Marsch der Armen

War Martin Luther King schon bei seinem Engagement für die Friedensbewegung ein hohes Risiko eingegangen, so veröffentlichte er im Februar 1968 in der Zeitschrift ›*Look*‹ einen Plan, der nun tatsächlich schon einen ersten Schritt auf dem Weg zur »Rekonstruktion der ganzen Gesellschaft« darstellte. Man könnte auch sagen, daß mit diesem Schritt King den Weg der Revolution beschritten habe, allerdings war es eine Revolution, die im Zeichen der Gewaltlosigkeit stehen sollte. Inwiefern ein solcher Versuch in einer industriellen Massengesellschaft überhaupt eine Chance hat, mag dahingestellt bleiben. Gewiß war das King auch bewußt. Daß er trotzdem versucht hat, diesen Weg zu gehen, kann man als unrealistisch kritisieren. Man kann aber auch sein politisches Handeln als Ansatz zu neuen Möglichkeiten sehen, die in der Zukunft immer wieder aktuell sein werden.

Der Artikel trug die bezeichnende Überschrift ›*Showdown for Non-violence*‹ (etwa: ›Endgültige Entscheidung in Sachen Gewaltlosigkeit‹). In ihm entwickelte King den Plan eines »Marsches der Armen« (und zwar nicht nur der armen Neger!) auf Washington, um so gewisse Sozialleistungen zu erzwingen. Wenn King in diesem Zeitungsartikel schrieb, er riskiere nun alles, »bis zum Bankrott«, so war das durchaus nicht übertrieben.

Mit diesem Plan deutete King an, daß er von nun an sich in die Grundsätze der Gesellschaftspolitik einzumischen gedachte, und zwar eben nicht nur als Sprecher und Symbolfigur der Neger, sondern aller Armen und Entrechteten, aller Minderheiten in diesem Land. Für die Verfechter einer konservativ-reaktionären Politik wurde er damit zu einer ernstzunehmenden politischen Größe, und die Gerüchte, sein Mörder sei von diesen Kreisen gedungen worden, lassen sich zwar nicht durch beweisfähige Fakten bestätigen, klingen aber durchaus überzeugend.

King scheint sich des Risikos seiner Handlungsweise durchaus bewußt gewesen zu sein. Er scheint sich in diesen Monaten auch häufig in Gedanken mit der Möglichkeit, eines gewaltsamen Todes zu sterben, beschäftigt zu haben. So erzählt Coretta King, er habe geäußert: »Ich werde vermutlich nicht alt werden, aber wenn ich sterbe, sollst du nicht um mich trauern. Du sollst ein normales Leben weiterleben.«

Coretta betont aber auch, daß King keineswegs von der Idee seines Todes besessen gewesen sei noch seinen Tod gesucht habe. »Er wußte aus der Geschichte, daß die meisten Männer, die einen starken moralischen Standpunkt vertraten, den Preis für ihre Überzeugung zahlen mußten. Er gebrauchte sogar das Wort ›gekreuzigt‹ in einem übertragenen Sinn, als er in einigen seiner Reden sagte: ›Mag sein, daß ich für meine Überzeugung gekreuzigt werde; sollte das geschehen, dann könnt ihr sagen: Er starb, um die Menschen zu befreien.‹

Obwohl Martin viel an den Tod dachte, schien ihn dieser Gedanke nicht zu bedrücken. Wenn ihn andere mahnten, vorsichtig zu sein, dann sagte er: ›Ich kann mich nicht um meine Sicherheit sorgen; ich kann nicht in der Furcht leben. Ich muß meine Aufgabe erfüllen. Die Angst vor dem Tod ist meine geringste Sorge.‹ Er sprach darüber in seinen Predigten und zitierte oft den Satz: ›Wenn ein Mensch nicht etwas gefunden hat, für das er bereit wäre, sein Leben hinzugeben, dann taugt er nicht zum Leben.‹«

Der Plan der Kampagne der armen Leute, den King Anfang 1968 bekanntgab, zielte auf eine »wirtschaftliche Freiheitsurkunde« für alle Benachteiligten der Nation ab. Es sollte für alle Arbeitsfähigen ein Arbeitsplatz geschaffen und allen Arbeitsfähigen ein Garantieeinkommen gesichert werden. Die Kosten zur Verwirklichung dieser beiden Programmpunkte schätzte er auf 12 Milliarden Dollar.

Nun hatte die amerikanische Regierung selbst einige Jahre zuvor den »Krieg gegen die Armut« erklärt. Aber die meisten der damals begonnenen Programme waren zugunsten der Gelder, die für den Krieg in Vietnam ausgegeben wurden, zusammengestrichen worden.

Obwohl sich die Sozialwissenschaftler über die genaue Definition von Armut stritten und weiter streiten, läßt sich doch so viel genau sagen: Arm waren in dieser reichsten und mächtigsten Nation der Welt um diese Zeit ca. 35 Millionen Menschen. 1968 gab es in den USA 6 Millionen Familien, die nicht genug verdienten, um ihre Kinder zu ernähren, zu kleiden und in eine Schule zu schicken.

Wer war arm in diesem reichen Land?

Arm waren vor allem Menschen, die einer der Minderheiten angehörten, die Schwarzen, Indianer, die in den USA lebenden Mexikaner und Puertorikaner. Aber es gab auch »weiße Armut«, beispielsweise in den Gebirgen im Osten, wo die kleinen Kohlenzechen stillgelegt worden waren, unter den alten Menschen, die dem mörderischen Lebenstempo und dem harten Konkurrenzkampf nicht mehr gewachsen waren.

Armut gab es unter der Jugend durch den Mangel an Arbeitsplätzen. Selbst noch 1964, als die Zahl der Arbeitslosen in den USA einmal auf nur 5 % der Gesamtbevölkerung zurückgegangen war, waren 15 % dieser Arbeitslosen Jugendliche im Alter zwischen 16 und 21 Jahren, die keine Schule mehr besuchten.

All diesen Armen, den weißen, roten und gelben, den jungen und den alten, sollte geholfen werden. In der »Kampagne der armen Leute« sollte zunächst in Demonstrationen und Aktionen eine zirca 3000 Mann starke »Kerntruppe«, ein Kader, in gewaltfreiem Protest ausgebildet werden. »Ein repräsentativer Querschnitt der wirtschaftlich unterprivilegierten Gruppen in den USA sollte dadurch gewährleistet sein, daß die Delegierten der verschiedenen ethnischen Minderheiten je 200 Mitglieder aus zehn Großstädten und fünf ländlichen Gebieten für die ›gewaltlose Armee‹ rekrutierten.«

Von sieben verschiedenen Orten aus sollten darauf Anfang Mai Gruppen von Demonstranten nach Washington aufbrechen. Eine in Marks, Mississippi, gestartete Gruppe würde auf primitiven, von

Mauleseln gezogenen Holzkarren reisen. In Washington sollten die Armen dann in eine ›shanty town‹, das heißt in eine Stadt aus Holzbuden, im Stadtzentrum von Washington einziehen.

Für den 30. Mai war in Washington ein »Solidaritätsmarsch« von weißen und schwarzen Amerikanern vorgesehen. Zu Beginn der Kampagne sollten 100 Mitglieder der Bürgerrechtsbewegung dem Kongreß und dem Senat (den beiden Häusern des Parlaments) die Forderungen der Demonstranten überreichen.

Die ›*Poor People's Campaign*‹ war genaugenommen eine ›*Operation Brotkorb*‹ im großen Stil. Eine proletarische Masse, die nach Methoden des zivilen Ungehorsams operierte, sollte der Pfahl im Fleisch der reichen, eleganten, mit Wohlstand und Macht prunkenden Hauptstadt werden. Das vornehme und den Sorgen der Armen entrückte Washington sollte eine riesige Bettlerprozession in der Art der ›*Dreigroschen-Oper*‹ erleben, und diese Prozession sollte sich, sofern das Parlament nicht die zur Überwindung der Armut geforderten Mittel bewilligte, zu einer Belagerung steigern. Der Einfall zu dieser Aktion zeigte einmal mehr Kings Sinn für publizitätswirksame und symbolträchtige Protesthandlungen.

Andererseits riskierte King, wenn die Kampagne keine handgreiflichen Erfolge brachte, eine Prestigeeinbuße, die ihn wahrscheinlich endgültig zur Einflußlosigkeit verurteilt haben würde.

Er selbst war im Hinblick auf die Erfolgschancen des »Marsches der Armen« durchaus vorsichtig. In einem Artikel in ›*Look*‹ schrieb er: »Es mag sein, daß alles, was wir in Washington erreichen, darin besteht, den Kongreß an einer Verschlechterung (der Sozialprogramme) zu hindern.«

Die Stimmung, die Anfang 1968 in den USA herrschte, war angesichts der sich immer deutlicher abzeichnenden Niederlage der Südvietnamesen und der immer größere Ausmaße annehmenden Unruhen in den Gettos der amerikanischen Großstädte äußerst gespannt. Die Vorstellung, es könne zu »einer Machtübernahme durch Rechtsradikale in den Großstädten und einer faschistischen Entwicklung kommen«, war damals so übersteigert und abwegig nicht, wie sie aus heutiger Sicht vielleicht scheinen mag.

Gerade aber weil die soziale Situation in den USA so gespannt war, schien selbst manchen Freunden Kings, die selbst bei seinem

Eintreten für die Friedensbewegung ihm noch gefolgt waren, der »Marsch der Armen« ein allzu riskantes Unternehmen. Die beiden großen politischen Parteien und wichtige Vertreter der konservativen Bürgerrechtsorganisationen NAACP und ›*Urban League*‹ bezeichneten die Aktion als unverantwortlich und forderten King auf, zu »Gesetz und Ordnung« zurückzufinden.

Andererseits erklärten nun radikale schwarze Organisationen wie die ›*Black Panther*‹, sie würden die Kampagne Kings unterstützen. Aber auch das war nicht ungefährlich, denn King mußte mit dem Versuch rechnen, ihn während der Kampagne beiseite zu schieben. Unter Umständen würden die Radikalen eine gewaltlos begonnene Aktion gewalttätig fortsetzen und für ihre Zwecke »umfunktionieren«.

Außerdem muß man sich klarmachen, daß der »Marsch der Armen« eine Ausweitung des Prinzips und der Methoden gewaltlosen Protests bis an die äußerste Grenze des Möglichen und Verantwortbaren darstellt. Immerhin versuchte King jetzt, durch das Aufgebot von Massen, also durch eine »außerparlamentarische Opposition«, die gewählten Volksvertreter unter Druck zu setzen.

In einem Land, in dem trotz aller Mißstände die Sensibilität für demokratisches oder undemokratisches Verhalten stark entwickelt ist und Dissens, also ziviler Ungehorsam, eine Tradition hat, wurde Kings Vorgehen für viele Menschen, denen es mit der Bewahrung und Verteidigung der Demokratie ernst war, ein Anlaß zum Nachdenken, aber auch zu lebhaften Diskussionen.

Die Kritik an King schwoll an, als er Ende März 1968 seine direkte Mitarbeit an der Planung und Ausführung der ersten Aktionen des »Marsches der Armen« unterbrechen mußte, um in die Ereignisse beim Streik der Müllmänner in Memphis, Tennessee, persönlich einzugreifen.

Als die Demonstrationen in Memphis dann nicht völlig gewaltfrei verliefen, sah darin der konservative Negerführer Roy Wilkins einen Beweis für seine These, daß sich gewaltfreie Aktionen auf Massenbasis nicht durchführen ließen. Ein schwarzer Kongreßabgeordneter, Adam Clayton Powel, sprach mit einem kalauernden Wortspiel von »Martin Looser« (»Looser« = »Verlierer«, fast gleichklingend im Englischen mit »Luther«).

Tatsächlich scheinen die Vorgänge in Memphis King selbst auch so stark beeindruckt zu haben, daß er zumindest zeitweilig Zweifel hatte, ob die Fortführung des »Marsches der Armen« zu verantworten sei.

Heinrich Grosse schreibt dazu unter Berufung auf Berichte in der amerikanischen Zeitschrift ›*Look*‹: »Da Präsident Johnson überraschend seine Präsidentschaftskandidatur zurückzog, hielt King es für wahrscheinlich, daß ähnliche Ausschreitungen bei dem ›Marsch der Armen‹ (wie in Memphis) die Siegeschancen Richard Nixons erhöhen würden. In dieser Situation soll er nach einer Aussage seines engsten Freundes, des Pastors Ralph Abernathy, die Konsequenzen gezogen haben, auf die Durchführung der ›Kampagne der Armen‹ zu verzichten. Die Richtigkeit dieser Behauptung wurde später von Kings Witwe bestritten.«

Warum King, der ja mit den Vorbereitungen des »Marsches der Armen« stark beschäftigt war, überhaupt sich in Memphis einschaltete, wird verständlich, wenn man weiß, daß der Streik dort von der weißen Gewerkschaft AFL-CIO unterstützt wurde. Noch beim Marsch auf Washington 1963 hatte diese Gewerkschaft abseits gestanden. So war dies nun eine günstige Gelegenheit, sie an die Bürgerrechtsbewegung zu binden.

Künstliche Nelken für Coretta

Kurz ehe er nach Memphis fuhr, unternahm King zur Vorbereitung der »Kampagne der Armen« eine Rundreise durch das ländliche Georgia. Coretta King erzählt: »Er war viel unterwegs gewesen, und so fand ich, es wäre schön, wenn Martin und Dexter ihn begleiten könnten. Wenn irgend möglich, sollten sie sehen, was ihr Vater tat . . . Mir schien, wenn ihn die Jungen dann und wann auf einer Reise begleiteten, so würde es ihnen leichter fallen, sich mit seinen häufigen Abwesenheiten abzufinden und sein Engagement zu teilen . . . In der Eile vergaß ich, den Trainer der Jungen anzurufen und zu erklären, warum sie nicht zu ihrem samstäglichen Footballspiel kommen würden. Marty und Dexter wurden in der nächsten Woche von ihrer Mannschaft wegen ›Schwänzens‹ bestraft, aber im Lichte dessen, was unserer Familie so bald schon nach dieser Reise widerfuhr, werde ich dem Himmel immer dankbar sein, daß die Jungen noch einmal mit Martin zusammensein durften.«

Kaum von dieser Reise zurück, mußte King zu dem am 28. März in Memphis stattfindenden Protestmarsch fliegen.

Ehe er fuhr, schickte er seiner Frau noch einen Strauß roter Nelken: »Es waren schöne rote Nelken«, berichtet Coretta, »aber als ich sie anfaßte, merkte ich, daß sie künstlich waren. In all unseren gemeinsamen Jahren hatte Martin mir nie künstliche Blumen geschenkt. Es schien so gar nicht seine Art. Ich küßte ihn und bedankte mich: ›Sie sind schön, und sie sind künstlich.‹

›Ja‹, sagte Martin, ich wollte dir etwas schenken, was du immer behalten kannst.‹

Es waren die letzten Blumen, die ich von Martin erhielt. Irgendwie schien er geahnt zu haben, daß sie nicht verwelken dürften.«

Die zwei Tragödien von Memphis

Am 4. April 1968 wurde Martin Luther King in Memphis, Tennessee, erschossen.

Der Mord an dem Führer der amerikanischen Neger war eine Tragödie und wurde von der ganzen Welt als solche empfunden. Die Symbolfigur der Gewaltlosigkeit war durch Gewalt gefallen.

Über dieser Tragödie blieb jene andere, die Martin Luther King in den letzten Tagen seines Lebens widerfuhr, weitgehend unbeachtet. Um sie zu begreifen, muß man die Geschichte des Streiks der Müllarbeiter von Memphis wenigstens in seinen wichtigsten Etappen kennen.

Am 12. Februar 1968 traten 1375 Männer, meist Müllarbeiter, aber auch einige Angestellte des Amtes für Öffentliche Arbeiten der Stadtverwaltung in den Streik. Auslösendes Ereignis war die ungerechte Behandlung schwarzer Arbeiter am 31. Januar 1968 gewesen. An diesem Morgen waren die Neger, die sich zur Arbeit eingefunden hatten, heimgeschickt worden, weil es regnete. Die weißen

Arbeiter aber blieben, und als der Regen nach kurzer Zeit aufhörte, konnten sie die Arbeit aufnehmen und wurden danach für den ganzen Tag bezahlt.

Die Schwarzen beriefen daraufhin eine Zusammenkunft ihrer Berufsvereinigung ›*Local 1733*‹ ein. Der Verband sollte bei der Stadt protestieren. Nun gehörte ›*Local 1733*‹ zwar der großen Gewerkschaft AFL-CIO an. Er wurde aber von der Stadtverwaltung als Partner bei Lohn- oder anderen Streitfragen nicht anerkannt. Die Frage der Nichtanerkennung einer schwarzen Gewerkschaft war also der eigentliche Grund für den nun beginnenden Konflikt.

Noch im Februar erklärte die sonst eher gemäßigte Bürgerrechtsorganisation der Neger, NAACP, es werde in Memphis zu Demonstrationen kommen, wenn die Stadtverwaltung den Forderungen der Streikenden nicht nachgebe. Außerdem stellte sich nun auch eine Gruppe schwarzer Pfarrer hinter die Streikenden, da viele der im Ausstand befindlichen Arbeiter Mitglieder ihrer Gemeinden waren.

Als am 22. Februar der zuständige Ausschuß der Stadtverwaltung eine öffentliche Anhörung abhielt, wurde der Saal, in dem eigentlich nur 400 Personen Platz hatten, von 700 Müllarbeitern besetzt. Die Demonstranten weigerten sich, den Raum zu verlassen, sofern ihre Forderungen nicht erfüllt würden. Sie sangen Spirituals und Lieder der Bürgerrechtsbewegung. Die Gewerkschaft schickte ihnen mittags Brot, Wurst, Käse, Schinken und Senf. Auf dem Schreibtisch des Vertreters der Stadtverwaltung wurden Sandwichs gemacht. Der makellose Teppichboden des Saales bekam ein paar Brotkrümel ab. Schließlich lenkte der Ausschuß ein. Er empfahl dem Stadtrat, die Gewerkschaft anzuerkennen und eine Nachzahlung für den Lohnausfall zu leisten.

In der örtlichen Presse aber erschien am nächsten Tag ein Artikel mit der Überschrift: ›*Die Streikenden in Memphis haben einen ungesetzlichen Streik zur Anarchie ausgeweitet*‹. In dem folgenden Artikel hieß es unter anderem: »Bürgermeister Loeb hat ganz recht, wenn er sagt: ›Wir können so etwas nicht dulden.‹«

Am 23. Februar tagte der Stadtrat. Die Sitzung war öffentlich und wurde von etwa tausend Menschen besucht. Zur Sprache kam aber nicht etwa die Empfehlung des Ausschusses, sondern ein neues Papier, in dem von Zugeständnissen keine Rede mehr war und die entscheidenden Punkte, nämlich Anerkennung der Gewerkschaft und Bewilligung der Nachzahlungen, abgelehnt wurden.

Daraufhin organisierten Streikende und Bürgerrechtler einen Protestmarsch durch die Main Street. Zunächst verlief die Demonstration ruhig. Dann aber fuhr ein Polizeiauto in den Demonstrationszug – so jedenfalls sahen es die Streikenden. Die Polizei hingegen behauptete, es seien zunächst Rufe laut geworden: »Laßt uns das Polizeiauto umwerfen!«

Unbestritten ist, daß es danach zu schweren Zusammenstößen kam, bei denen die Polizei zum erstenmal in den USA MACE, ein neues Tränengas, das vorübergehende Blindheit hervorrufen kann, auf die Demonstranten sprühte und brutal von ihren Schlagstöcken Gebrauch machte.

Im Leitartikel der Lokalzeitung hieß es am 24. Februar: »Memphis kann stolz sein auf die prompte und wirksame Art und Weise, in der unsere Polizeibeamten Herrn der Lage geworden sind. Die Polizei war zur Stelle, als die Streikenden und ihre Führer aus der Versammlung strömten und begannen, die Main Street hinunterzumarschieren. Die Polizei hatte Waffen, aber sie schoß nicht. Sie hatte MACE, das neue Gas, das außer Gefecht setzt, aber keinen ständigen Schaden anrichtet . . . und sie benutzte es.«

Der Gebrauch von MACE und die Art und Weise, wie sich die Polizei gegenüber den Demonstranten benommen hatte, führte unter den sich sonst streitenden Gruppen und Grüppchen der Schwarzen in Memphis zu einer nie zuvor gekannten Einigkeit. Am folgenden Sonntag riefen die schwarzen Pfarrer von der Kanzel herab zum Boykott aller Geschäfte im Stadtzentrum, zum Boykott der beiden lokalen Zeitungen ›*Commercial Appeal*‹ und ›*Press-Scimitar*‹ und zum Boykott einer Restaurantkette auf, die dem Bruder des Bürgermeisters gehörte.

Der Boykott war außerordentlich erfolgreich.

Unterdessen aber waren andere Mittel und Wege gefunden worden, um gegen die Streikenden vorzugehen. In aller Eile hatte das Parlament von Tennessee zwei Gesetze verabschiedet. Das eine bedrohte die Unterbrechung von Telefonlinien zur Polizei und zur Feuerwehr mit einer Strafe von 5 Jahren Gefängnis. Das andere

Gesetz erklärte den Streik bei der Polizei, der Feuerwehr und der Straßenreinigung als ungesetzlich.

Der Zorn der Streikenden nahm zu, als bei der nächsten Sitzung des Stadtrates der Sprecher der Gewerkschaft deswegen zunächst nicht erscheinen konnte, weil er zu zehn Tagen Gefängnis verurteilt worden war.

Den ganzen März hindurch hielten die Auseinandersetzungen zwischen der schwarzen Gemeinde und der Stadtverwaltung an. Der Bürgermeister blieb dabei, der Streik sei ungesetzlich, Vertreter einer schwarzen Gewerkschaft seien für ihn keine Partner für Lohnverhandlungen.

Daraufhin wurde von der Bürgerrechtsbewegung eine Massenveranstaltung anberaumt. Man plante einen Marsch, den Dr. Martin Luther King anführen sollte. Am 18. März hatte King in Memphis vor 15000 Menschen gesprochen. Ursprünglich war die Massendemonstration für den 22. März angesetzt worden. In der Nacht davor aber fiel hoher Schnee, deshalb mußte der Marsch verschoben werden.

»Aber es gibt auch Leute, die zum Kämpfen da sind ...«

Bezeichnend für die Stimmung in der schwarzen Gemeinde von Memphis sind einige Äußerungen während der Gottesdienste in der Woche vor der Großveranstaltung. Einer der Redner sagte, die Pfarrer seien auf Gewaltlosigkeit eingeschworen. Er fuhr fort: »Wenn wir Pfarrer aber keinen Erfolg haben, das Volk unseren Weg zu führen, dann bleibt uns gar nichts anderes übrig, als daß wir uns zurückziehen und dann ...!«

Das Ende des Satzes ging in einem Aufschrei unter, und der Prediger wandte sich zu einem Balkon, auf dem drei oder vier Radikale saßen. Auf ihren Gesichtern stand ein breites Grinsen.

Reverend W. Herbert Brewster predigte am Mittwochabend. Er war ein Prediger der alten Schule und rief in die Menge: »Laßt euch nicht dazu hinreißen, irgend jemanden zu hassen. Jeder

Mensch, der in so großen Zeiten sich kleinmütig benimmt, tut mir leid, denn die Kleinmütigen in einer großen Zeit sind die Verlierer!« Als er aber seine Predigt beendet hatte, betrat Dr. Jackson die Kanzel, um die nun beginnende Sammlung für den Streikfond zu leiten. Er sagte: »Dr. Brewster soll sich lieber noch einmal ans Beten machen, denn ich kann Bürgermeister Loeb immer noch nicht lieben.«

Aus der Gemeinde kamen Zustimmungsrufe.

Am Montag hatte eine Versammlung stattgefunden, die über drei Stunden dauerte. Ehe sie zu Ende ging und der Pfarrer, Mr. Blackburn, den Segen sprach, trat ein junger Schwarzer in einer leichten, olivfarbenen Jacke vor, die auf dem Rücken die Aufschrift ›*Invader*‹ trug.

»Ich bin ein Radikaler«, begann der junge Mann, »ich gebe das ganz offen zu. Ich bin ein Radikaler ... Ehe Bürgermeister Loeb nachgibt, muß der Unrat in den Straßen zum Himmel stinken. Er darf nicht in den Hinterhöfen liegen. Und solange die von der Stadtverwaltung angeheuerten Lastwagen rollen, kann auch damit der Abfall immer wieder abtransportiert werden. Predigen und Geldsammeln ist gut und schön. Jemand muß das tun. Aber es gibt auch Leute, die zum Kämpfen da sind. Nicht zum Marschieren ... Zum Kämpfen! Und wenn vom Kämpfen die Rede ist in einer Stadt mit so vielen Polizisten, dann denkt man besser auch mal an Waffen. Die werdet ihr brauchen, ehe alles vorbei ist.«

Als der junge Mann sich hingesetzt hatte, kehrte der Pfarrer noch einmal zur Kanzel zurück und sagte, es tue ihm leid, daß den jungen Radikalen den ganzen Abend über keine Beachtung geschenkt worden sei. Dies sei ein freies Land, und wenn er mit dem jungen Mann auch nicht einer Meinung sei, so habe er dennoch das Recht, zu sagen, was er denke. Dann aber erinnerte er die Gemeinde noch einmal: »Wir haben unsere Waffen gewählt. Es sind die Waffen der Gewaltlosigkeit.«

Aus diesen Szenen sollte folgendes klargeworden sein: Die Geduld vieler Schwarzer war bis zu einem Punkt strapaziert worden, wo ihr Zorn sehr leicht in Gewalttätigkeit umschlagen konnte. Vor allem die junge Generation war nicht mehr bereit, sich so ohne weiteres zu gedulden und gewaltlos zu verhandeln.

Eine Demonstration wird abgebrochen

So war die Lage, als Martin Luther King am 28. März nach Memphis kam.

Der Marsch war für 9 Uhr angesetzt worden. Als sich die Demonstranten vor dem Clayborn Temple versammelten, hörten sie über Lautsprecher, daß King erst um 10.30 Uhr mit dem Flugzeug ankommen werde und der Beginn der Demonstration deswegen verschoben werden müsse.

Die Menschen liefen umher, lachten, unterhielten sich.

Um 10 Uhr verbreitete sich das Gerücht, daß die Polizei mit Schlagstöcken und MACE gegen Schüler der Mailton Hamilton High School vorgegangen sei, die versucht hatten, zum Versammlungsplatz zu marschieren. Die Schüler hatten ihrerseits darauf die Polizei mit Steinen und Flaschen beworfen. Ein 14jähriges Mädchen hatte mit einer Platzwunde am Kopf ins Krankenhaus eingeliefert werden müssen. Nach Angaben eines Augenzeugen war sie von einem Polizisten niedergeschlagen worden. Diese Nachrichten heizten den Zorn der Wartenden noch mehr an.

Unterdessen hatten sich auch Jugendliche eingefunden, die provozierende Plakate bei sich trugen: »ZUM TEUFEL MIT LOEB – HIER IST BLACK POWER. KÜSS MICH AM . . .!«

Um 10.56 Uhr traf King endlich am Startpunkt des Marsches ein. Um 11.05 Uhr setzte sich der Demonstrationszug in Bewegung.

Am Straßenrand standen viele Zuschauer. Nach ein paar Häuserblocks bog der Zug in die Beale Street ein. Es ist dies eine Straße, in der viele Pfandhäuser liegen. Man war jetzt noch zwei Blocks von der Hauptstraße, der Main Street, entfernt.

Plötzlich hörte man das Klirren von Glasscheiben. Die Fernsehkameras schwenkten von Dr. Martin Luther King und den Demonstranten hinüber zu den Gehsteigen, wo ein älterer Jugendlicher mit einer Keule wild eine Schaufensterscheibe nach der anderen zertrümmerte. Die Demonstranten waren unterdessen bis zur Main Street gekommen. Als das Geräusch der zerspringenden Scheiben nicht aufhörte und man nicht mehr davon ausgehen konnte, daß es sich um ein zufälliges Mißgeschick handelte, hielten sie an. Die

Pfarrer, die den Marsch anführten, kamen überein, die Demonstration abzubrechen.

Plötzlich blockierte ein Aufgebot von Polizei in Gasmasken die Main Street. Auf der Fahrbahn drängten sich Demonstranten, auf den Bürgersteigen Zuschauer. Mehrmals von seinen Mitarbeitern dazu aufgefordert, verließ King die Demonstration und kehrte in sein Motel zurück.

Reverend James Lawson, der Sprecher der Pfarrer, die den Streik unterstützt hatten, forderte die Demonstranten über Mikrophon auf, zum Clayborn Temple zurückzukehren. Die überwiegende Mehrzahl folgte dieser Aufforderung. Nach einigen Minuten rückte die Polizei gegen die Ecke Beale- und Main Street vor. Junge Leute schleuderten ihre Plakate und andere Wurfgeschosse auf die Polizisten. An der Ecke explodierte eine Gasgranate, und die jungen Leute rannten durch die Beale Street davon.

In der Beale Street sahen Reporter, wie eine Gruppe von Polizisten einen Neger vor einem Geschäft zusammenschlug. Die Schaufenster des Geschäftes waren zerbrochen, und einige Gegenstände aus dem Schaufenster waren entwendet worden. Einer der Polizisten blutete am Kopf und sagte später, der Neger habe mit einer Keule auf ihn eingeschlagen. Der Reporter aber beobachtete, wie die Polizisten dem Neger mindestens vierzig Hiebe versetzten, den Bewußtlosen über die Straße zerrten, um ihn dann auf den Rücksitz eines Streifenwagens zu werfen.

So begannen die Gewalttaten in Memphis, in deren Verlauf ein 16jähriger Junge getötet, 60 Personen, meist Neger, schwer verletzt und 280 Menschen festgenommen wurden. Es kam zu Plünderungen und vereinzelten Brandstiftungen. 4000 Mann Nationalgarde wurden aufgeboten, um die Ruhe und Ordnung wiederherzustellen, und eine Ausgehsperre von 7 Uhr abends bis 5.50 Uhr morgens wurde verhängt.

Obwohl dies nicht der erste Fall war, bei dem ein Marsch, den Dr. Martin Luther King anführte, vorübergehend wegen Gewalttätigkeiten abgebrochen werden mußte, war es doch entschieden der ernsteste.

Journalisten und Kommentatoren warfen sofort die Frage auf, ob es in dieser Zeit überhaupt noch möglich sei, Massendemonstrationen unter Kontrolle zu halten und gewaltlos durchzuführen. King sah sich in die Defensive gedrängt und genötigt, an einem Ort, den er nicht gewählt hatte, und unter Zeitdruck stehend, mit gewaltlosen Mitteln einen Erfolg zu erzielen.

Bei der Pressekonferenz an diesem Tag wirkte King sichtlich aufgebracht. Er erklärte, er und sein Stab seien an der Planung des Marsches nicht beteiligt gewesen. Sie seien Opfer eines »Zusammenbruchs der Nachrichtenübermittlung« geworden. Leider habe man ihnen verschwiegen, daß es unter den jungen Negern Absprachen gegeben habe, gewalttätig vorzugehen.

Ein neuer Marsch wurde für den 5. April, einen Freitag, angesetzt.

King hatte unterdessen ein Gespräch mit Vertretern der radikalen schwarzen Jugendlichen geführt. Diese hatten ihm erklärt, sie stimmten zwar nicht mit dem Grundsatz der Gewaltlosigkeit überein, wollten aber in Zukunft als Anführer ihrer Gruppen an der gewaltlosen Kampagne teilnehmen.

Aus verschiedenen Gründen mußte der zweite Marsch vom 5. auf den 8. April verschoben werden.

Unterdessen hatte das Bundesdistriktgericht auf Antrag der Stadtverwaltung am Mittwoch, dem 3. April, einen Beschluß verkündet, dem zufolge es King und seinen Mitarbeitern als Nicht-Ortsansässigen untersagt wurde, in Memphis eine Demonstration zu organisieren oder an einer solchen teilzunehmen. King bezeichnete diese Anordnung sofort als einen Verstoß gegen das in der amerikanischen Verfassung garantierte Grundrecht der Versammlungsfreiheit und erklärte, er werde dieses Verbot mißachten.

»Wie jeder würde ich gern lange leben«

Am Abend des 3. April regnete es in Memphis. Trotzdem kamen zu einer Versammlung im Freimaurertempel 2000 Menschen.

In düsterer und nachdenklicher Stimmung sprach King zu ihnen. Er sagte unter anderem: »Ich weiß auch nicht, was jetzt geschehen wird. Wir haben einige schwierige Tage vor uns. Aber das macht mir weiter nichts aus. Ich bin auf der Spitze des Berges gewesen. Ich sorge mich nicht. Wie jeder würde ich gern lange leben. Eine lange Lebensdauer ist etwas Wünschenswertes. Aber ich mache mir darüber keine Gedanken. Ich will lediglich Gottes Willen erfüllen.

Und er hat mir erlaubt, zu dem Gipfel hinaufzusteigen. Ich habe mich umgeschaut und das Gelobte Land gesehen.

Ich werde vielleicht mit euch nicht dahin gelangen, aber ich will, daß ihr heute abend wißt, als Volk werdet ihr ins Gelobte Land kommen.

Deshalb bin ich froh heute abend. Ich habe keine Angst. Ich fürchte niemanden. Meine Augen haben den Ruhm und die Ankunft des Herrn geschaut.«

Am Donnerstag, dem 4. April, sprach King mit seinem Stab die letzten Einzelheiten für den Marsch am Montag ab. Er wirkte jetzt wieder gelassen. Er schien sein inneres Gleichgewicht wiedergefunden zu haben.

Am Nachmittag rief er aus dem Motel, in dem er wohnte, zusammen mit seinem Bruder seine Mutter an. Er verstellte seine Stimme und neckte sie. Später sprach er mit seinem Bruder Albert Daniel über eine Predigt, die er am kommenden Sonntag in der Ebenezer Church in Atlanta halten wollte. Sie trug den Titel »Warum Amerika zum Teufel gehen könnte!«. Für den Abend war wieder eine Kundgebung angesetzt.

Vor dem Abendessen ging Ralph Abernathy, der bei King auf dem Zimmer gewesen war, in sein Zimmer, um sich frischzumachen.

King trat einen Augenblick auf den Balkon, von dem aus man über die Straße auf eine ziemlich heruntergekommene Pension hinsah.

Vor dem Haus, unter dem Balkon, ging Ben Branch Jones auf und ab. Er gehörte zu Kings Mitarbeitern und sollte abends auf der Versammlung Orgel spielen. King rief ihm zu: »Vergiß nicht ›Precious Lord, take My Hand‹ heute abend anzustimmen. Und streng dich ein bißchen an dabei.«

Branch versprach es lachend.

Ein anderer Mann aus dem Stab, Solomon Jones, der Kings Wa-

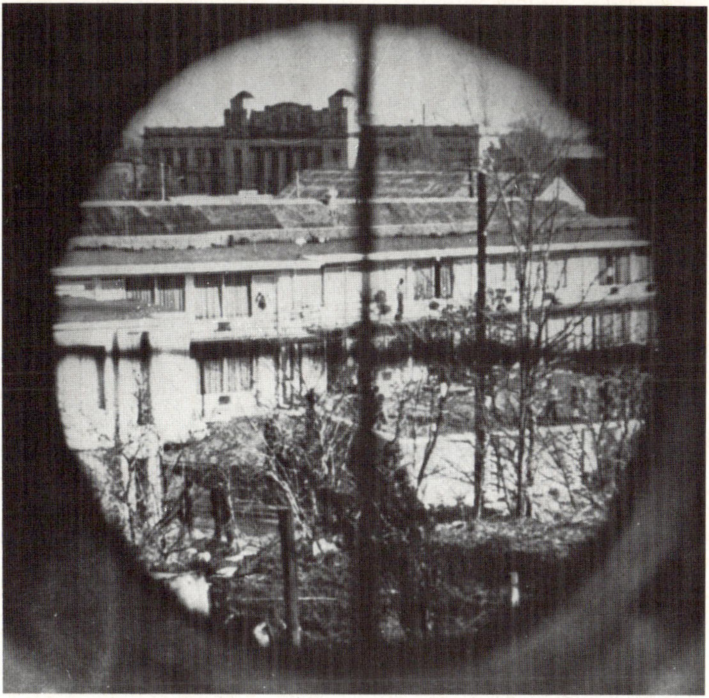

Im Fadenkreuz des Zielfernrohrs: Der Balkon des Motels in Atlanta, auf dem King die tödlichen Schüsse trafen.

gen chauffieren würde, rief herauf: »Es ist ziemlich kühl, Dr. King. Besser, Sie nehmen Ihren Mantel mit.«

In diesem Augenblick fiel ein Schuß.

Für Ralph Abernathy, der sich in diesem Moment gerade das Gesicht mit Rasierwasser einrieb, klang es, als sei ein Feuerwerkskörper abgebrannt worden.

Der Schuß hatte King auf dem Balkon am Hals getroffen. Man brachte ihn sofort ins Krankenhaus. Als Coretta King, die man sofort benachrichtigt hatte, zusammen mit dem Bürgermeister von Atlanta um 20.25 Uhr nach Memphis fliegen wollte, erreichte sie noch auf dem Flughafen die Nachricht, daß ihr Mann gestorben sei.

Steckbrieflich gesucht: James Earl Ray, der Mörder Martin Luther Kings.

Wut statt Trauer

Coretta King schreibt: »Der Tod meines Mannes hatte allerdings auch ein bedauerliches Nachspiel. In 63 Städten des Landes brachen Krawalle aus, der schlimmste in Washington, D.C. Er dauerte drei Tage, und viele Häuserblocks der Hauptstadt wurden dabei zerstört . . .«

Acht Wochen nach dem Tod von Martin Luther King war ich in Chicago, sah zum erstenmal mit eigenen Augen ein Getto, eines jener Gettos, deren Auflösung die ›*Chicago Freedom Movement*‹ zu erreichen versucht hatte. Zwei Jahre waren seither vergangen. Dies war es, was ich im Juni 1968 in Chicago sah und notierte:

»Wie es jemandem klarmachen, der es nicht mit eigenen Augen gesehen, mit eigenen Sinnen gespürt hat! Die Gettolandschaft, die ich kennengelernt habe, liegt nicht im berüchtigten Harlem, auch nicht in Watts. Ich, wir fahren zur Roosevelt Road im Süden von Chicago.

Das Viertel liegt 20 Minuten von der City entfernt, aber längst noch nicht am Rand der Stadt. Die Häuser sind aus Holz und zerfallen. Die Fensterscheiben sind meist eingeschlagen. Auf den Straßen liegt Unrat. Die Müllabfuhr wagt sich nicht hier heraus. Am Straßenrand stehen ausgebrannte Autowracks von den letzten Unruhen, die nach der Ermordung von Martin Luther King hier ausbrachen. Niemand räumt sie fort. Es wimmelt von Kindern. Viele sind nahezu unbekleidet und haben Hungerbäuche. Frauen und Männer hocken mit apathischen Blicken auf den Holztreppen oder kauern auf den Bordschwellen. Es ist heiß. Jetzt, im Juni, gegen 30 Grad. Die Luft ist feucht. Es stinkt nach Urin und Kot. Der Laden an der Ecke ist ein Schnapsgeschäft. Davor torkeln ein paar Betrunkene herum. Später sehen wir die Schule. Viele Klassenzimmer drohen einzustürzen. Hier wird nichts repariert. Der Lehrer erklärt, an einen geregelten Unterricht sei nicht zu denken. Er ist schon froh, wenn er die Kinder dazu bekommt, ruhig zu sitzen.

Das Begräbnis von Martin Luther King: Ein Holzsarg auf einem Karren, von Maultieren gezogen.

Der Leiter eines Jugendzentrums in dieser Gegend sagt:

›Ich kämpfe hier auf verlorenem Posten. Hier ist nichts zu retten. Die Umstände sind stärker als das bißchen Flickwerk, das wir hier leisten können. Ich weiß nicht, wie lange ich es hier noch aushalte.‹ Dieser junge Neger hat vor zwei Jahren mit viel Idealismus seine Tätigkeit als Sozialarbeiter hier begonnen. Nun ist er am Ende seiner Kräfte. ›Das Beste wäre‹, erklärt er resignierend, ›das ganze Viertel würde eines Tages abbrennen.‹

Alle Häuser sind übervölkert. Zwischen 12 und 18 Menschen in drei, manchmal auch nur zwei Zimmern zusammengepfercht – das ist keine Ausnahme.

Die Zahl der unehelichen Geburten ist hier fast so hoch wie die der ehelichen. Die Männer kommen und gehen; die Frauen und die Kinder bleiben, und es werden immer mehr hungrige Mäuler. Die Spielgefährten dieser Kinder sind die Ratten. Die Ratten werden so groß und dreist, daß sie nachts schlafende Menschen anfallen. Der Kongreß hat die Gelder zu einer Rattenvertilgungsaktion nicht genehmigt.«

Coretta King sagt: »Obwohl ich die Verzweiflung verstand, mit der die Aufrührer auf Martins Tod reagierten, so war es doch nicht der rechte Tribut für einen Prediger der Gewaltlosigkeit.«

In meinem Tagebuch der Amerikareise finden sich aus dem Juni 1968 über Atlanta, die Stadt, in der sich die Hauptquartiere der großen Bürgerrechtsorganisationen befinden, folgende Eintragungen:

»Atlanta ist eine Mittelstadt des Südens, die auf dem Sprung in die Zukunft ist: So steht es im Reiseprospekt. Der Stadtkern mit seinen Bürohochhäusern, wo eine moderne Plastik nicht fehlt, scheint diesen Werbespruch zu bestätigen. Da wächst eine helle, schöne, sachliche City der Zukunft auf. Aber ganz plötzlich brechen diese Straßenzüge ab. Jenseits der Hügelkuppe, unten im Tal, verschleiert vom Dunst und Rauch einer nahegelegenen Müllverbrennungsanlage, beginnt eine Ansammlung von halbzerfallenen Holzhütten. Die Asphaltdecke der Straße weist viele Löcher auf. Hinter verstaubten Bäumen: niedergebrochene Zäune, auf dem festgestampften Lehmboden vor morschen Holztreppen: leere Konservendosen, mit denen verwahrlost aussehende Kinder Fuß-

Coretta King als Zuschauerin bei einer Demonstration zum Gedenken an ihren Mann, vier Tage nach dessen Ermordung.

ball spielen, apathische Frauen, von Kleinkindern umwimmelt, sitzen auf den Treppenstufen und dösen in der Hitze.

Wir sind in Vine City, dem schwarzen Getto dieser Stadt. Wir schauen in ein paar dieser Holzkistenhäuser herein, die alle aussehen, als seien sie aus Gemüsehürden zusammengesetzt. Wir öffnen einen dieser Türrahmen, die mit Fliegendraht bespannt sind. In einem völlig leeren Raum starren wir auf eine alte Frau. Sie liegt auf dem Boden, halbnackt, mit Zeitungspapier zugedeckt. Die Frau ist offenbar dem Tod nahe. Kümmert sich niemand um sie? Unser Begleiter zuckt die Achsel. Wer sollte ihr helfen? Einen Arzt kann diese Frau nicht bezahlen. Außerdem würde er auch nicht zu ihr herauskommen. Sie wird sterben. Für sie ist das die Erlösung.

›Verstehen Sie jetzt, warum wir nicht warten können?‹ sagt unser Begleiter.

Wir fahren zu dem kleinen Gemeindezentrum von Vine City, das allein durch die Initiative der Gettobewohner und gegen den Widerstand der Stadtverwaltung zustande gekommen ist. Es ist auch in einer dieser Gemüsekistenbuden untergebracht. Vor dem Barackengebäude ist behelfsmäßig ein kleiner Spielplatz auf einer nackten Lehmpiste hergerichtet worden. ›Damit dies geschehen konnte, war eine Demonstration von drei Tagen notwendig. Begreifen Sie, daß man da die Geduld verliert?‹ sagt jemand.

In der Baracke werden Lebensmittel zu Preisen, die für Slumbewohner erschwinglich sind, verkauft. Auch eine provisorische Sanitätsstation hat man eingerichtet. Einmal in der Woche kommt freiwillig ein junger Arzt und hält Sprechstunden ab, kostenlos. Aber zu einer geregelten medizinischen Betreuung der ganzen, von 600–800 Menschen bewohnten Budenstadt reicht die Tätigkeit eines Freiwilligen nicht aus. Diese kleine Station der Hoffnung ist das Werk einer älteren Negerin, die keinerlei Vorbildung hatte, aber selbst im Getto aufgewachsen ist. Es gibt überall solche einzelnen, die die Not und das Elend nicht länger mitansehen können. Hier ist es diese rundliche Negermami, dort ein junger katholischer Priester oder ein politisch engagierter weißer Soziologiestudent. Aber sie führen einen aussichtslosen Kampf, weil die Armut und das Elend Ausmaße hat, die die Kraft selbst Tausender verantwortungsbewußter einzelner übersteigen würden.

Von dem Gemeindezentrum in Vine City gehen wir zum Lunch. Nur 300 – 400 Schritte, und wir befinden uns in einem vornehmen Hotelrestaurant mit Hollywoodinterieur. Es liegt hart an der Grenze des Gettos, aber wer hier aus- und eingeht, nimmt zumeist die Niederung von Vine City, die der Dunst verhüllt, nicht wahr.

Ich werde mit dem Bruch zwischen den beiden Welten so rasch nicht fertig. Dort Kinder mit Hungerbäuchen, ausgemergelte Mütter mit entzündeten Augen und zerschlissenen Kleidern. Hier die chromblitzende Bar, die blütenweißen Tischtücher. Dort Hitze, Gestank und Fliegengeschwirr und huschende Ratten. Hier die künstliche Kühle und der leichte Duft von Desodorants. Das war Atlanta, die Heimatstadt Martin Luther Kings. Aber Martin Luther King war tot.«

Memphis: Doch ein Sieg?

Über die Hintergründe der Ermordung Martin Luther Kings ist viel geschrieben und spekuliert worden. Begreiflicherweise. Denn der Mann, den man schließlich als Täter verhaftete und verurteilte, war ein professioneller Gangster.

Es klang reichlich unwahrscheinlich, als er sagte, er habe King aus Haß wegen dessen Hautfarbe und Weltanschauung getötet.

Ein Gangster, der aus Überzeugung tötet?

Verständlich, daß es da immer wieder Recherchen, Gerüchte, Spekulationen gegeben hat.

Wie auch beim Mord an John F. Kennedy, so wird im Fall des Mordes an Dr. Luther King vielleicht eine spätere Generation einmal die volle Wahrheit erfahren, die einigen wenigen bekannt zu sein scheint, aber von den amerikanischen Geheimdiensten und der US-Regierung aus Gründen der Staatsräson vorerst zurückgehalten wird.

Kurz nach dem Mord sagte Bürgermeister Loeb in Memphis trotzig: »Ich werde nicht als jener Bürgermeister in die Geschichte der Stadt eingehen, der als erster einen Vertrag mit einer Neger-Gewerkschaft unterzeichnet hat.«

Zwölf Tage blieb er bei seinem Wort.

Am Tag nach der Ermordung Kings traf als Abgesandter Präsident Johnsons der Staatssekretär des Arbeitsministeriums in Memphis ein, um zu vermitteln. Am 16. April 1968 wurde endlich eine Übereinstimmung zwischen den streitenden Parteien erzielt. Die schwarze Gewerkschaft wurde vom Stadtrat als Tarifpartner anerkannt.

Der Stadtrat stimmte einer Erhöhung des Stundenlohns für die Müllarbeiter um 5 % ab 1. Mai und einer weiteren Erhöhung um 5 % ab 1. September zu. Die Mitglieder von ›*Local 1733*‹ billigten die Übereinkunft ihrer Verhandlungskommission mit der Stadtverwaltung ohne Gegenstimmen.

Die Pfarrer von Memphis beschlossen, jene während des Streiks gegründete Organisation als ständige Einrichtung unter der Bezeichnung ›*Community on Move for Equality*‹ (›Gemeinde auf dem Weg zur Gleichheit‹) fortbestehen zu lassen.

Der Boykott gegen die Geschäfte, die Tageszeitungen und die Restaurants wurde aufgehoben. Aber neue gezielte Boykotts wurden für den Fall angedroht, daß es nicht gelingen sollte, mit Verhandlungen neue Arbeitsplätze für Schwarze und Investitionen zugunsten der schwarzen Gemeinde durchzusetzen. Eine Gruppe, der 1000 schwarze Frauen angehörten, hatte sich gebildet, um unter Umständen sofort bei solchen Aktionen tätig zu werden.

So läßt sich wenigstens sagen, daß mit der Ermordung Kings in Memphis in dieser Stadt die Krise, in die der gewaltlose Protest geraten zu sein schien, überwunden wurde. Bürgerrechtler hatten durch das Eingreifen Kings in einem äußerst schwierigen Konfliktfall einen Erfolg erzielt. Doch unter welchem Opfer!

Wenn man den Ausgang des Streiks in Memphis als Sieg des Fortschritts bezeichnet, so sei an den Stoßseufzer eines deutschen Dichters erinnert, der auf seine Art auch ein Vorkämpfer gegen Rassendünkel und Rassentrennung gewesen ist: an Heinrich Heine. Er schreibt in den »Reisebildern«:

»Aber ach, jeder Zoll, den die Menschheit weiterrückt, kostet Ströme Blutes. Und ist das nicht etwas zu teuer? Ist das Leben des Individuums nicht vielleicht ebensoviel wert wie das des ganzen Geschlechtes? Denn jeder einzelne Mensch ist schon eine Welt, die mit ihm geboren wird und mit ihm stirbt. Unter jedem Grabstein liegt eine Weltgeschichte.«

Die Lücke, die blieb, oder: Ein Gespräch in ›Resurrection City‹

Vielleicht wird die Persönlichkeit eines Menschen nirgends deutlicher sichtbar als an der Lücke, die durch seinen Tod entsteht.

Der Marsch der Armen, die Bretterbudenstadt in Washingtons vornehmem Park, der Mall, das Bettlerheer, aufgeboten zur Belagerung des Capitols: All dies wurde nach dem Tod von Martin Luther King eine gespenstisch wirkende Farce. Einmal, weil all diese Aktionen wie eine matte Nachahmung des »Marsches auf Washington« im Sommer 1963 wirkten. Zum anderen, weil ohne King, ohne seinen Sinn für Organisation und wirksame symbolträchtige Handlungen sich die durchschlagende Wirkung nicht einstellen wollte.

Ich war unter den 55 000 Menschen, die sich am 19. Juni 1968 bei 80 Grad Fahrenheit (28 Grad C) zunächst am Vormittag im Freilichtauditorium des Sylvan-Theaters versammelten, umstellt von Schützenketten der Polizei und der Nationalgarde, in der Luft umkreist von zwei Polizeihubschraubern, die, wie der Ansager bemerkte, »uns jetzt alle für das Verbrecheralbum des CIA fotografieren«.

Immer wieder wurde über Lautsprecher aufgefordert, sich von der Polizei später beim Marsch durch die Mall zum Lincoln-Denkmal nicht provozieren zu lassen. Das war fast überflüssig. Die Polizisten, an denen wir vorbeizogen und die wie erstarrt am Wegrand standen, sahen aus wie Marsmenschen oder die berüchtigte CRS Frankreichs, vielleicht mit einem leichten Einschlag von Wildwest-Gunman. Keine andere Polizei der Welt trägt den Patronengürtel so provozierend und todverheißend wie diese. Nein, sich mit diesen gepanzerten und mit Schlag- und Schußwaffen behängten Burschen anzulegen, mußte jedem vernünftigen Menschen als selbstmörderisch erscheinen. Während im Sylvan-Theater noch eine Art

Hootenanny stattfand, bei dem Mrs. Rosa Parks, Pete Seeger, eine Gruppe farbiger Steptänzer, die Töchter von Eugene McCarthy, Marlon Brando, ein Indianerhäuptling und ein berühmter schwarzer Komiker auftraten, betrachtete die Washingtoner Polizei den »Solidaritätstag« offenbar als gute Gelegenheit für ein Planspiel. Jedenfalls konnte die Geschäftigkeit der Ordnungshüter, die als Motorradmelder durch die Straßen sausten oder in Hubschraubern über unseren Köpfen hingen, diesen Eindruck erwecken.

Zwischen Zuschauerkulisse und Polizeikette und an den Wegen und den Pfaden hatten sich fliegende Händler aufgestellt und verkauften afrikanische Halsketten und riesige Bilder von Martin Luther King und Robert Kennedy, der ja ebenfalls kurze Zeit zuvor einem Mordanschlag zum Opfer gefallen war. Endlich, gegen 13.25 Uhr, brach der Demonstrationszug mit großer Verspätung vom Washington- zum Lincoln-Memorial-Monument auf.

Vorweg ein Maultiergespann, dann die großen Menschengruppen, Arm in Arm die Führer der Kampagne, danach die Bewohner der Barackenstadt, die nun von Ralph Abernathy ›Resurrection City‹ (Stadt der Wiederauferstehung) getauft worden war, und am Ende des Zuges sympathisierende Bürger aus Washington, Hausfrauen aus den Vororten, Hippies, Blumenkinder, Neugierige. Die feuchte Hitze war jetzt beinahe unerträglich geworden.

Noch auf dem kurzen Marsch durch die Mall wurden zahlreiche Demonstranten ohnmächtig. Die gesamte örtliche Polizei war auf den Beinen, dazu kamen 1100 Nationalgardisten und 500 Mann Polizeireserve. Patrick Murphy, der Polizeipräsident von Washington, hatte erklärt: »Wir erwarten einen friedlichen Tag.«

Er sollte sich nicht getäuscht haben.

Hosea Williams, der eine Gruppe von 1000 Menschen im Zug anführte, sagte, als sich diese Abteilung in Bewegung setzte: »Um Gottes willen, laßt uns heute etwas Würde zeigen. Seien wir keine Lügner und Betrüger.«

Nun, sie wurden nicht zu Lügnern und Betrügern an den Idealen des toten Führers. Sie verhielten sich gewaltlos. Und keiner der Redner, die am Nachmittag sprachen, schlug radikale Töne an.

Aber andererseits – auch keine der drei bei dieser Veranstaltung noch einmal gestellten Forderungen wurde erfüllt:

- Lebensmittelbezugscheine, um das Einkommen armer Familien aufzubessern;
- ein garantiertes Minimum an Wohlfahrtsunterstützung, Widerruf der im letzten Jahr vom Kongreß beschlossenen Kürzung der Wohlfahrtszahlungen;
- Existenzminimum für Arbeitslose.

In keinem der drei Punkte konnte man die Volksvertreter veranlassen, Sofortmaßnahmen zu beschließen.

Die Erfolgsbilanz der Kampagne der Armen sah tatsächlich dürftig aus. Und am ›Tag der Solidarität‹ schrieb die Zeitung ›*Evening Star*‹: »Die fünfeinhalb Wochen, die vergangen sind, seitdem die Kampagne in die Hauptstadt einzog, waren gekennzeichnet durch Kontroversen, Unsicherheit in den Mitteln und Zielen und durch Diskussionen darüber, wie es mit der Barackenstadt weitergehen solle.« Keine gute Presse – doch so war es.

Auch die große Rede von Ralph Abernathy am späteren Nachmittag, von der viele erwartet hatten, sie werde richtungweisend sein, enttäuschte. Sie mochte als rhetorische Leistung eindrucksvoll sein. Sie hatte Leidenschaft und Pathos. Aber ihre politischen Aussagen waren gleich Null.

Als Abernathy auf die Frage zu sprechen kam, ob die Kampagne mit dem »Solidaritätstag« enden werde oder nicht, gab er sich selbstsicher, ohne es doch zu sein: »Ich kann mich nicht darum kümmern«, sagte er, »ob uns das Innenministerium die Erlaubnis erteilt, in ›Resurrection City‹ zu bleiben oder nicht. Ich habe sie von keiner Regierung und von keiner Volksvertretung erhalten, sondern von Gott, dem Allmächtigen, und ich beabsichtige, hier zu bleiben, bis die Gerechtigkeit aus den Hallen des Kongresses hervortritt und sich die Rechtschaffenheit der Verwaltung erweist.«

Das war der Redestil Kings. Man muß die Sätze vielleicht auf englisch und von einem Baptistenprediger aus den Südstaaten hören, damit sie nicht nur naiv wirken.

Auch Kings Redeweise war oft gefühlsbetont. Aber seinen Reden folgten – wenigstens meistens – Taten. Sie waren nicht nur Wortgeklingel. Sie hatten eine Ankündigungs- und Einstimmfunktion.

Indem Abernathy diesen Redestil übernahm, war es, als schriebe er einen Wechsel auf noch zu erwartende Handlungen aus.

Mit Martin Luther Kings Tod wird der Erfolg seiner Methode in Frage gestellt: Von Schwarzen verwüstete Straßen in Hartford, Connecticut, werden von der Polizei gesäubert.

Als am Abend ein schwerer Gewitterregen über Washington niederging, waren fast alle Menschen in der Stadt froh oder erleichtert. Der unbeteiligte Durchschnittsbürger, weil es zu keiner Störung seines gewohnten Lebensablaufes gekommen war, die Polizei, weil sie nun gewiß keine Schwierigkeiten mehr zu befürchten hatte, und die Führer der ›*Southern Christian Leadership Conference*‹ über die eindrucksvolle Zahl von 50000, nach anderen Schätzungen sogar 55000 Demonstranten, die liberalen Hausfrauen aus den Vororten, die sich jetzt müde auf ihre selbstgezimmerten Transparente stützten, auf denen vom Regen die Tusche verlaufen war, aus Genugtuung über ihr Engagement für die Sache der Freiheit und in naivem Vertrauen darauf, daß sich mit gutem Willen doch alle Probleme lösen ließen, die Hippies, weil sie Pete Seeger singen gehört hatten. Und da nun doch noch irgend etwas Spektakuläres geschehen mußte, verletzte Ralph Abernathy am folgenden Tag die Bannmeile um das Capitol und wurde daraufhin gewissermaßen »fahrplanmäßig« verhaftet.

Durch das kleine Fenster der »Grünen Minna« versicherte er den Reportern, er werde nicht versuchen, gegen Kaution freizukommen, und nichts unternehmen, um vor Gericht freigesprochen zu werden, sondern nur zu gern seine Strafe absitzen.

Unterdessen hatten 2000 Polizisten damit begonnen, ›Resurrection City‹ zu räumen, was auch ohne ernstere Zwischenfälle gelang.

Viele der Armen, die bis zuletzt ausgeharrt hatten, übten Kritik an Ralph Abernathy.

Ein Mann sagte: »Hat er nicht immer wieder erklärt, die Polizei werde nur über seinen Körper hinweg die Menschen hier vertreiben können?«

»Ja«, meinte ein anderer aus der Runde, »wo ist sein Körper jetzt?«

»Auf und davon!«

Es hieß auch: »Ja, wenn King noch lebte . . . der hätte alles ganz anders gemacht. King hatte einen Plan.«

Wie denn dieser Plan ausgesehen habe, wollte ich wissen, und ob denn tatsächlich mit der Methode des gewaltlosen Widerstandes mehr zu erreichen sei als eine Bekundung des Unwillens?

Sie wußten keine Antwort außer der, King hätte es gewiß besser gemacht. Er habe einen großen Plan gehabt.

Wie gläubig sie immer noch waren!

Für sie war er so etwas wie ein Prophet gewesen, der sein Volk aus der babylonischen Gefangenschaft ins Gelobte Land zurückführen wird.

Aber der Prophet war tot, und ob es je wieder einen Propheten geben werde, oder sagen wir, einen Mann, dem die meisten vertrauten und den selbst noch jene achteten, die unter den schwarzen Amerikanern andere Kampfmethoden propagierten als er, schien höchst fraglich.

Aber nirgends als unter diesen armen Schwarzen in ›Resurrection City‹ habe ich auch so eindringlich verstanden, daß es für sie eben ein prophetischer Führer sein mußte, ein Mann mit einem Traum, mit einer Vision, ein Mann, der mit seinen Handlungen und seiner Stimme Hoffnung lebendig werden ließ nach so viel Erniedrigung, Elend und Schmerzen.

Zwei Jahrzehnte nach den Ereignissen der 60er Jahre: Ein Protestmarsch von Weißen gegen den Martin-Luther-Gedenktag in Atlanta, Georgia. Es sind sieben Protestierende. Sie werden geschützt von 2000 Soldaten.

Brief an Leser dieses Buches, die (vielleicht) nun einige Fragen stellen werden

Eigentlich bin ich der Meinung, Bücher sollten weder Vorworte noch Nachworte haben. Sie sollten sich selbst erklären, für sich selbst sprechen.

Bei diesem Buch aber scheint mir eine Ausnahme von dieser Regel angebracht.

Die Geschichte jenes Mannes, der versuchte, die Gesellschaft durch gewaltfreies Handeln zu ändern, endet mit dem Tod eben dieses Mannes und mit Vorgängen, die die Unwirksamkeit seiner Methode unter Beweis zu stellen scheinen.

Beides nüchtern und ohne Verschleierung zu berichten, gebietet mir meine Vorstellung von der Aufgabe des Autors: Er muß sagen, was ist, sei es nun bequem oder unbequem. Es scheint mir verständlich und richtig, daß wir uns nach Vorbildern umsehen.

Es scheint mir nicht wünschenswert, daß wir Vorbilder zu Idolen verklären.

Der Autor sollte selbst bei einem Menschen, der sein Leben für andere hingibt, aber auch an dessen Schwächen und an dessen menschliche Unvollkommenheit erinnern. Die Frage nach Gewalt oder Gewaltlosigkeit ist eine der zentralen Fragen unserer Zeit. King ist das völlig klar gewesen. Als entscheidend für die Krise unserer Zeit sieht er den »Zusammenstoß unmoralischer Macht mit machtloser Moralität« an. Sehen wir uns um, so entdecken wir wieder und wieder, daß Unrecht, das die Macht hat, obsiegt und Recht, welches machtlos ist, unterliegt.

Ist das ein Grund zu unbedingtem Pessimismus? So könnte eine Frage der Leser lauten. Ich bin nicht der Meinung, daß ein eindeutiges Ja die richtige Antwort ist.

Ich frage mich auch, ob man überhaupt sagen kann, King sei gescheitert, wie man das in den USA und auch in Europa nach seinem Tod hören konnte.

Nicht, daß die Probleme der Schwarzen in Amerika gelöst worden wären, nicht, daß die Diskriminierung der Neger endgültig als überwunden angesehen werden könnte – im Gegenteil!

Andererseits hat die Ermordung Kings auch nicht dazu geführt, daß nun alles wieder so geworden wäre wie ... nun sagen wir gegen Ende des 19. Jahrhunderts, als der Prozeß der Befreiung schon einmal sichtbar ins Stocken geriet.

Schließlich scheint mir an einer ganz anderen Stelle eine höchst zukunftsträchtige Fortsetzung dessen gegeben, was King begann, nämlich in den Aktionen der Bürgerinitiativen.

Man braucht Fehler und Fehlschläge bei King nicht zu bestreiten und kann trotzdem finden, daß sein Leben und Handeln nicht umsonst gewesen sind. Indem wir Fehler und Fehlschläge überprüfen, schaffen wir eine erste Voraussetzung dazu, daß wir, sollten wir je in die Situation geraten, zivilen Ungehorsam praktizieren zu müssen, gewisse Fehler nicht wiederholen und bei der Bürgerrechtsbewegung ein weiteres Arsenal brauchbarer Mittel und Wege des Vorgehens kennenlernen können.

Zwei Gedanken scheinen mir gute Chancen zu haben, den toten Propheten und moralischen Führer des Schwarzen Amerika lange zu überleben: der Gedanke, daß es ohne Versöhnung mit dem jeweiligen Gegner in keiner Gesellschaft der Gegenwart und Zukunft tragfähige Veränderungen geben kann, und die Vorstellung, daß zwischen den beiden bisher sich anbietenden Alternativen eines Kapitalismus privatwirtschaftlicher und staatskapitalistischer Prägung eine dritte Möglichkeit aufgefunden werden muß, weil diese beiden Gesellschaftsmodelle krasse unmenschliche Züge aufweisen.

Und schließlich: Wenn die Kirche, dank der Menschen, die sie als Gemeinde umfaßt, ein solch radikal-soziales Bewußtsein entwickeln und praktizieren würde, wie man es bei King vorfindet, so könnte sie vielleicht doch wieder einmal von einer zur Versteinerung neigenden Einrichtung zu einer lebendigen, auch das Glück des Menschen auf Erden bedenkenden und verwirklichenden Gemeinschaft werden.

Immer, wenn ich die ergreifende Geschichte des Martin Luther King bedachte und mich dabei des Gefühls von Verzweiflung und der leerlaufenden Empörung nicht erwehren konnte, erinnerte ich mich an den Satz eines Zeitgenossen Kings: Pfarrer und Vorkämpfer für soziale Gerechtigkeit und Frieden in der Welt wie King auch. Daniel Berrigan schreibt in seinem Buch ›Die dunkle Nacht des Widerstandes‹:

»Der gewaltlose Held endet meist tot. So ergeht es auch den Revolutionären. So ergeht es auch den amerikanischen Soldaten, tausendfach. Tod ist billig und allgemein, bis zur Trivialität.

Eine andere Frage jedoch bleibt: Wer stirbt auf eine Art, die ein Geschenk an die Geschichte darstellt? Wer schränkt die Unvermeidlichkeit ein, daß viele sinnlos sterben müssen, auf gleiche Art, in noch größerer Zahl in der nächsten Generation?«

Nomborn/Westerwald 1977–1978

Biographische Daten

1929	
15. Januar	Martin Luther King in Atlanta geboren
1944	
	Immatrikulation im Morehouse College
1946	
	Probepredigt in der Ebenezer-Kirche in Atlanta
1947	
Herbst	Weihe zum Hilfspastor Beschwerde der Schwarzenorganisation NAACP wegen Rassismus in den USA bei der UNO
1948	
	Beginn eines Theologiestudiums am Crozer Theological Seminary in Chester
1951	
Juni	Diplom in Crozer als bester Student
1951	
Herbst	Promotion in Boston

1952

Januar	King lernt Coretta Scott in Boston kennen
	Die University of Tennessee läßt den ersten schwarzen Studenten zu

1953

18. Juni	Heirat mit Coretta Scott
Herbst	Rückkehr nach Boston zum Abschluß der Dissertation

1954

September	King wird Pastor der Dexter Avenue Baptist Church in Montgomery, Alabama
	Entscheid des Obersten Bundesgerichts der USA, daß Rassentrennung in den öffentlichen Schulen gegen die Verfassung verstößt

1955

Frühjahr	Promotion zum Doktor der Theologie
31. Mai	Oberster Gerichtshof ordnet an, die Schulintegration müsse rascher vorangetrieben werden
17. November	Yolanda King, genanny Yoki, geboren
1. Dezember	Bus-Boykott in Alabama

1957

	Gründung des SCLC in New Orleans
März	Besuch in Ghana
28. Oktober	Geburt des zweiten Kindes, des Sohnes Martin Luther King III
September	Zwischenfälle bei der Schulintegration in Little Rock

1958

September	Attentat einer Geistesgestörten auf King in Harlem

1959

März	Reise mit Coretta King nach Indien
	Mack Parker in Poplarville, Mississippi, gelyncht
November	King gibt Tätigkeit als Pfarrer in Montgomery auf; Umzug nach Atlanta

1960

Mai	Freispruch im Verfahren wegen falscher Steuererklärung
	Beginn der Sit-in-Bewegung
15. April	Gründung des SNCC
Herbst	King bei einem Sit-in in Atlanta verhaftet; Überstellung nach Kalb County; Freilassung durch Eingreifen von John F. Kennedy
November	Wahl von John F. Kennedy zum Präsidenten der USA

1961

	Jahr der Jail-in-Bewegung
Dezember	King zusammen mit 700 Schwarzen in Albany festgenommen

1962

Januar	King zu 45 Tagen Haft verurteilt; Unbekannter zahlt Kaution
	Der zweite Sohn, Dexter, geboren
9. September	Zwei Kirchen von Schwarzen in Sasser, Georgia, werden von Rassisten angesteckt
	Die politischen Führer der Schwarzen fordern

	Präsident Kennedy auf, »dem der Naziherrschaft ähnlichen Terrorregime im südwestlichen Georgia ein Ende zu bereiten«

1963

28. März	Bernice Albertine (Bunny) King geboren
Ostern	Beginn der Kampagne in Birmingham, Alabama
12. April	King mit einer Gruppe von 50 Schwarzen verhaftet
2. Mai	Protestmärsche der Kinder
10. Mai	Übereinkunft in Birmingham
12. Juni	Medgar Evers von Rassisten erschossen
28. August	Marsch auf Washington
15. September	Bombenanschlag auf eine Kirche von Schwarzen in Birmingham
22. November	John F. Kennedy, 46 Jahre, 35. Präsident der USA, ermordet

1964

Sommer	King in der Bundesrepublik Präsident Johnson unterzeichnet weitere Bürgerrechtsgesetze
4. August	Die Leichen der drei Bürgerrechtskämpfer Schwerner, Chaney und Goodman werden unter einem Erdwall bei Philadelphia, Mississippi, entdeckt
August	Schwere Unruhen in Jersey City
10. Dezember	King erhält in Oslo den Friedensnobelpreis

1965

Januar	Festbankett zu Ehren Kings in Atlanta
Juli	Erste Demonstrationen in Chicago
August	Schwere Unruhen im Getto von Los Angeles

1966

	King leitet »Chicago Freedom Movement«
Juni	James Howard Meredith in der Nähe von Memphis niedergeschossen
	King führt einen Protestmarsch über den Highway 51 durch Mississippi nach Jackson an
	Beginn der »Black Power«-Bewegung
26. August	Übereinkunft in Chicago
Oktober	Konferenz der »Black Power«-Gruppen in Washington

1967

15. April	King nimmt mit den anderen prominenten Bürgerrechtlern am Friedensmarsch in New York teil
Sommer	Schwere Getto-Unruhen in New York, Detroit und Atlanta
	Wachsende Kritik an Kings Protesten gegen den Vietnam-Krieg

1968

Februar	Plan für den »Marsch der Armen«, veröffentlicht in der Zeitschrift »Look«
	Beginn des Streiks der Müllarbeiter in Memphis
Frühjahr	King reist durch mehrere Bundesstaaten zur Vorbereitung des »Marsches der Armen« auf Washington
28. März	Ausschreitungen bei dem Protestmarsch in Memphis, an dem auch King teilnimmt
3. April	King kommt nach Memphis, um neuen Marsch vorzubereiten
4. April	King wird auf dem Balkon seines Hotelzimmers erschossen

8. April	Gedenkmarsch in Memphis mit 35 000 Teilnehmern
9. April	Beerdigung Kings in Atlanta; 15 000 Teilnehmer
16. April	Einigung in Memphis: Die Gewerkschaft wird von der Stadt anerkannt
Ende April	Die Nachricht vom Tod Kings führt zu Ausschreitungen in vielen Gettos der USA und zu einer Kette von Streiks (Müllarbeiter in Atlanta, Textilarbeiter in South Carolina und Farmarbeiter in Kalifornien)
19. Juni	Großdemonstration in Washington bei der »Kampagne der Armen«
20. Juni	Ralph Albernathy verhaftet; »Resurrection City« geräumt

Literatur

Theodor Ebert: *Gewaltfreier Aufstand. Alternative zum Bürgerkrieg.* 1983 – Rombach Verlag

John Hope Franklin/Isidore Starr (Hg.): *The Negro in 20th Century America. A Reader on the Struggle for Civil Rights;* 1967 – Vintage

Heinrich Grosse (Hg.): *Schöpferischer Widerstand;* 1985 – Gütersloher Verlagshaus

Hoffarth, Monika: *Martin Luther King und die amerikanische Rassenfrage;* 1990 – Peter Lang Verlag

Coretta Scott King: *Mein Leben mit Martin Luther King;* 1985 – Gütersloher Verlagshaus

Martin Luther King: *Testament der Hoffnung. Letzte Reden, Aufsätze und Predigten;* 1989 – Gütersloher Verlagshaus

Anthony Lewis: *Portrait of a Decade. The Second American Revolution;* 1965 – Random House

Louis E. Lomax: *The Negro Revolt;* 1962 – Harper

Gerd Presler: *Martin Luther King;* 1984 – rororo Monographie

Howard Zinn: *SNCC – Student Nonviolent Coordination Committee. The New Abolitionists;* 1964 – Beacon Press

Arnulf Zitelmann: *Keiner dreht mich um. Die Lebensgeschichte des Martin Luther King;* 1990 – Beltz & Gelberg Verlag

Bildnachweis

Deutsche Presse-Agentur, Frankfurt: S. 11, S. 13, S. 16, S. 23, S. 24, S. 27, S. 29, S. 33, S. 38, S. 41, S. 47, S. 55, S. 58, S. 59, S. 61, S. 65, S. 67, S. 69, S. 70, S. 71, S. 73, S. 75, S. 76, S. 81, S. 88, S. 89, S. 93, S. 98, S. 102, S. 103, S. 104, S. 109, S. 115, S. 116, S. 137, S. 138, S. 139, S. 141, S. 148, S. 150

Internationaal Instituut Voor Sociale Geschiedenis, Amsterdam: S. 44

Jacob Holdt, New York: S. 37

Keystone Pressedienst, Hamburg: S. 63, S. 88

Ullstein Bilderdienst, Berlin: S. 76